CATALOGUE
DE LIVRES

COMPOSANT LA BIBLIOTHÈQUE

AYANT APPARTENU

A UN ANCIEN MINISTRE DU ROI CHARLES X.

Dont la vente se fera le lundi 23 juin 1834, et jours suivants, à une heure précise de l'après-midi, salle n° 3, hôtel des Commissaires Priseurs, place de la Bourse.

Les adjudications seront faites par Me LACOSTE, Commissaire-Priseur, rue Thérèse, n. 2.

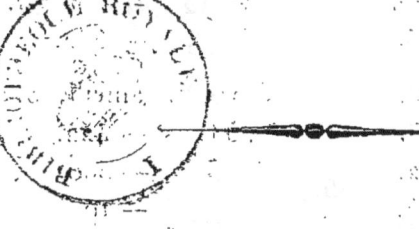

PARIS,
CHEZ GALLIOT, LIBRAIRE,
BOULEVART DE LA MADELEINE, N. 11.

1834.

ORDRE DE LA VENTE.

Première vacation
Lundi 23 juin 1834;

501	— 521.
193	— 229.
467	— 469.
13 *bis*	— 46.
230	— »

2e vacat. mardi 24;

230 *bis*	— 269.
522	— 550.
270	— 285.
461	— 466.
1	— 13.

3e vacat. mercredi 25;

470	— 483.
47	— 82.
569	— 605.
294	— 313.

4e vacation jeudi 26;

107	— 130 *bis*.
106	— »
484	— 494.
83	— 105.
563	— 568.
314	— 353.

5e vacat. vendredi 27;

606	— 621.
422 *bis*	— 460.
131	— 156.
286	— 293 *bis*.
551	— 562.

6e vacat. samedi 28.

354	— 422.
495	— 500.
157	— 192.

Il y aura chaque jour exposition publique de midi à une heure.

Le libraire chargé de la vente recevra les commissions des personnes qui ne pourraient y assister.

CATALOGUE
DE LIVRES

COMPOSANT LA BIBLIOTHÈQUE

D'UN ANCIEN MINISTRE DU ROI CHARLES X.

THEOLOGIE.

1. Histoire du V. et du N. Testament, par D. Martin, enrichie de plus de 400 fig. *Anvers*, P. Mortier, 1700, 2 vol. in-fol. v. m.

1 bis. Les figures de la Bible, par Van Hoet, Houbraken et B. Picard (le texte en hollandais). *La Haye*, chez P. de Hondt, 1728, 3 vol. gr. in-fol. v. m. fil.

2. La Sainte Bible, contenant l'anc. et le nouv. Testament, trad. en français sur la Vulgate, par de Sacy, édit. ornée de 300 fig. d'après Marillier. *Paris*, 1789, 12 vol. in-8. fig. dos de mar. vert à nerfs.

3. Sainte Bible en latin et en français, avec des notes littérales, critiques et historiques, des préfaces et des dissertations tirées du commentaire de don Aug. Calmet, de l'abbé de Vence, 4e édit. *Paris*, 1820-1824, 25 vol. in-8. pap. vél. et atlas cart. n. r.

4. Sainte Bible traduite d'après les textes sacrés avec la Vulgate, par Eug. Genoude. *Paris*, 1821-1824, 20 vol. in-8. cart. n. r.

5. Thesaurus Biblicus, hoc est dicta, sententiæ et

exempla ex sanctis bibliis collecta et per locos communes distributa ; ad usum concionandi et disputandi, auctore Phil. Paulo Merz. *Parisiis*, 1822, 2 vol. in-8. br.

6. Epîtres et évangiles. *Paris*, 1825, gr. in-8. pap. vél. v. fil. t. d. *Purgold.*

7. OEuvres complètes de saint François de Sales. *Paris*, Blaise, 1821, 16 vol. in-8. — Esprit de saint François de Sales, par M. P. C., doct. de Sorbonne. *Paris*, Blaise, 1821, in-8. En tout 17 vol. in-8. pap. vél. br. en cart.

8. Les Orateurs chrétiens, ou Choix des meilleurs discours prononcés dans les églises de France, depuis Louis XIV jusqu'à nos jours. *Paris*, 1818, 22 vol. in-8. br.

Manque le tome 10.

9. OEuvres et œuvres posthumes de M. de Boulogne, évêque de Troyes, précédées d'une notice historique. *Paris*, 1826 et 1827, 7 vol. in-8. br.

10. Sermons, panégyriques, oraisons et éloges funèbres, par l'abbé de Bonnevie. *Paris*, 1823, 4 vol. in-8. br.

11. Lettres de sainte Chantal, édit. augmentée de lettres inédites, précédées de sa vie. *Paris*, Blaise, 1823, 2 vol. in-8. pap. vél. portr. et facsimile br. en cart.

12. Fragmens extraits des manuscrits du Vatican et du bréviaire mozarabique, adaptés en forme de prières aux cent cinquante psaumes de David (trad. par de Vence), par l'abbé de Surlèmonde, mis en ordre et publ. par de Viany. *Marseille*, 1827, in-8. pap. vél. br.

13. Discussion amicale sur l'église anglicane, et

en général sur la réformation, par l'évêque d'Aire. *Paris*, 1824, 2 vol. in-8. br.

JURISPRUDENCE.

13 bis. Justiniani imperatoris corpus juris civilis, editio nova prioribus correctior. *Amstel.* Elzev. 1681, 2 vol. in-8. vél.

14. Pandectæ Justinianæ in novum ordinem digestæ cum legibus codicis, et novellis, quæ jus Pandectarum confirmant, explicant aut abrogant, auctore Pothier. Editio nova, accuratâ legum indicatione, severaque textûs emendatione, cæteris prioribus longa præstantior, et, ad commodum studiosorum juris, divisa in quadraginta codices, seu libellos, seu fasciculos, qui ad tres tomos (editionis prorsùs instar Lugduni datæ anno 1782) revocari poterunt. *Parisiis*, Nouzou, 1820. 3 vol. in-fol. en livraisons.

15. Les Pandectes de Justinien, mises dans un nouvel ordre, avec les lois du code et les nouv. qui confirment, expliquent ou abrogent celles des Pandectes, trad. (avec le texte en regard,) par de Bréard-Neuville. *Paris*, 1806, 26 vol. in-8. v. r. fil.

16. Juris civilis ecloga. *Parisiis*, 1822, in-12, br.

17. De l'origine et des progrès de la législation française, ou Hist. du droit public et privé de la France, par Bernardi. *Paris*, 1816, in-8. b. r. fil.

18. Code univ. et méthodique des nouv. lois françaises, ou Recueil des lois de l'assemblée natio-

nale divisées par ordre de matières. *Paris*, 1791, 2 vol. in-4. v. m.

19. Collection générale des lois, décrets, arrêtés, sénatus-consultes, avis du conseil d'état publiés depuis 1789 jusqu'au 1er avril 1814, recueillie et mise en ordre par L. Rondonneau. *Paris*, 1817, 24 vol. in-8. d. r. et 4 vol. de tables in-8. br.

20. Bulletin des lois du royaume de France, années 1814 à 1827 inclus. 29 vol. in-8. d. r.

21. Répertoire général de législation française depuis 1789-1812, par L. Rondonneau. *Paris*, 1812, 2 vol. in-8. b. r. fil.

22. Répertoire univ. et raisonné de jurisprudence, par Merlin. 4e édit. *Paris*, 1812-1815, 15 vol. in-4. dem. rel.

23. Lois de procédure civile, tant devant les tribunaux ordinaires qu'en cassation et au conseil d'état, par Dupin. *Paris*, 1821, in-8. br.

24. Conférence du code civil avec la discussion du conseil d'état, etc., par un jurisconsulte. *Paris*, Firmin Didot, 1805, 8 vol. in-12, d. r.

25. Du Danger de prêter sur hypothèque et d'acquérir des immeubles, par A. Decourdemanche. *Paris*, 1830. in-8. mar. r. t. d.

26. Manuel-Guide des contribuables de la régie des contributions indirectes, par J.-L. Jaccaz. *Paris*, 1819, in-8. br.

27. Questions de droit administratif, par de Cormenin. 3e édit. *Paris*, 1826, 2 vol. in-8. br.

28. Du Conseil d'état selon la charte, ou notions sur la justice d'ordre politique et administratif, par J.-B. Sirey. *Paris*, 1818, in-4. br.

29. Recueil des arrêts du conseil, ou ordonnances royales rendues en conseil d'état, par M.-L. Macarel. *Paris*, 1821, tomes 1 à 5, in-8. br.

30. Esprit de la jurisprudence inédite du conseil d'état sous le consulat et l'empire, par Ed. Petit des Rochettes. *Paris*, 1827, 2 vol. in-8. br.

31. Code administratif des hôpitaux civils, hospices et secours à domicile, de la ville de Paris. *Paris*, 1824, 2 vol. in-4. et un supplément, en tout 3 vol. br.

32. Dictionnaire de police moderne pour toute la France, par Alletz. *Paris*, 1820, 4 vol. in-8. br.

33. Traité général des eaux et forêts, chasses et pêches.

Première partie : Recueil chron. contenant les ordonnances, édits et déclarations des rois de France, etc. *Paris*, 1823, 4 vol. en 10 parties in-4. br. et un atlas. (Manque la 9e livr. fin du tome 3.)

Deuxième partie : Dictionnaire général et raisonné des eaux et forêts, contenant l'analyse des lois, ordonnances, arrêts, etc. *Paris*, 1824, 2 vol. in-4. en 4 parties et 3 parties d'atlas, br.

Quatrième partie : Dictionnaire des pêches, par Baudrillart. *Paris*, 1827, in-4. et atlas br.

34. Histoire critique du pouvoir municipal, de la condition des cités, des villes et des bourgs, et de l'administration comparée des communes en France, par C. Leber. *Paris*, 1828, in-8. br.

35. Nouv. Manuel des maires, adjoints, et des conseils municipaux, des juges de paix, par L. Rondonneau. *Paris*, 1821, in-8. br.

36. Jurisprudence communale et municipale, par A.-C. Guichard. *Paris*, 1820, in-8. br.

37. Répertoire de l'administration municipale des communes, par Péchart. *Paris*, 1820, 2 vol. in-8. br.

38. Instruction générale sur les devoirs et fonctions des maires et autres fonctionnaires muni-

cipaux, par le baron Lagarde. *Paris*, 1827, in-8. br.

39. Exposition raisonnée de la législation commerciale, et examen critique du code de commerce, par E. Vincens. *Paris*, 1821, 3 vol. in-8. br.

40. Cours de droit commercial, par J.-M. Pardessus. *Paris*, 1821, 5 vol. in-8. br.

41. Le Barreau français, collection de chefs-d'œuvre de l'éloquence judiciaire en France, recueillie par MM. Clair et Clapier. *Paris*, 1823, 16 vol. in-8. et 11 livrais. de portraits br.

Barreau ancien, 10 vol. — Barreau moderne, 6 vol.

42. OEuvres complètes du chancelier d'Aguesseau, édition augmentée par M. Pardessus. *Paris*, 1819, 16 vol. in-8. pap. vél. br.

43. OEuvres d'Omer et de Denis Talon, avocats-généraux au parlement de Paris, publ. par D. B. Rives. *Paris*, 1821, 6 vol. in-8. br.

44. OEuvres complètes de Cochin. *Paris*, 1821, 8 vol. in-8. pap. vél. br.

45. OEuvres choisies de Servan, augmentées de pièces inédites, par X. de Portets. *Paris*, 1823, 5 vol. in-8. br.

46. OEuvres de N. F. Bellart. *Paris*, 1827, 6 vol. in-8. br.

SCIENCES ET ARTS.

47. Œuvres complètes de l'empereur Julien, trad. du grec en franç. et accomp. de notes par R. Tourlet. *Paris*, 1821, 3 vol. in-8. br.

48. Essai sur l'homme, ou accord de la philosophie et de la religion, par Ed. Alletz. *Paris*, 1826, in-8. br.

49. De l'usage et de l'abus de l'esprit philosophique durant le 18e siècle, par J.-E.-M. Portalis. *Paris*, 1820, 2 vol. in-8. br.

50. Conseils de morale, ou Essais sur l'homme, les mœurs, les caractères, le monde les femmes, l'éducation, etc., par mad. Guizot. *Paris*, 1828, 2 vol. in-8. v. ant. fil.

51. Physiologie des passions, ou Nouv. doctrine des sentimens moraux, par J.-L. Alibert. *Paris*, 1825, 2 vol. in-8. br.

51 bis. La même, 2e édition. *Paris*, 1826, 2 vol. in-8. cart. n. r.

52. Dictionnaire d'éducation morale, de sciences et de littérature, par P. Capelle. *Paris*, 1824, 2 vol. in-8. cart. n. r.

53. Théorie des signes pour servir d'introduction à l'étude des langues, où le sens des mots, au lieu d'être défini, est mis en action; par l'abbé Sicard. *Paris*, 1818, 2 vol. in-8. br.

54. De l'éducation des sourds-muets de naissance, par M. Degerando. *Paris*, 1827, 2 vol. in-8. br.

55. Manuel d'enseignement pratique des sourds-muets, par M. Bébian. *Paris*, 1827, tome 1er, modèles d'exercices, in-4. br.

56. De la disette et de la surabondance en France, par P. Laboulinière. *Paris*, 1821, 2 vol. in-8. br.

57. Histoire générale et raisonnée de la diplomatie française, ou de la politique de la France, par de Flassan. *Paris*, 1811, 7 vol. in-8. b. r. fil.

58. Conseils à des surnuméraires, (ministère des affaires étrangères.) In-8. pap. vél. br.

Ouvrage non destiné au public.

59. Quelques conseils à un jeune voyageur, (ministère des affaires étrangères.) In-8. pap. vél, cart. n. r.

Ouvrage non destiné au public.

60. Traité d'économie politique, par J.-B. Say, 2e édit. *Paris*, 1814, 2 vol. in-8. br.

61. De l'esprit d'association dans tous les intérêts de la communauté, par Alex. de La Borde, 2e édit. *Paris*, 1821, 2 vol. in-8. br.

62. Essai sur le principe de population par Malthus, trad. par Prévost. *Paris*, 1809, 3 vol. in-8. bas. r. fil.

63. Forces productives et commerciales de la France, par Ch. Dupin. *Paris*. 1827, 2 vol. in-4. br.

64. Compte moral des hôpitaux civils de Lyon, années 1807-1812, par Alexandre. *Lyon*, 1817, gr. in-4. d. r.

65. De l'industrie française, par le comte Chaptal. *Paris*, 1819, 2 vol. in-8. br.

66. Annales de l'industrie nationale et étrangère. ou Mercure technologique; recueil de mémoires sur les arts et métiers, les manufactures, le commerce, l'industrie, l'agriculture, les hôpitaux, etc. par Lenormand et de Moléon. *Paris*, 1820-1826, 84 nos ou 28 vol.

Manque nos 52 et 70.

67. Bulletin de la société d'encouragement. Années 1817, 1819, 1820, 1821, 1822, 1823, 1824, 1825, 1826 et 1827, incomplètes.

68. Tarif de la rente, ou comptes faits des sommes

résultant de la vente ou de l'achat d'inscription 5 p. 100 consolidés, par N.-J. Charpentier. *Paris*, 1820, in-4. cart.

69. Histoire de l'administration de la guerre, par Xav. Audouin. *Paris*, 1811, 4 vol. in-8. br.

70. Lettres à Sophie sur la physique, la chimie et l'histoire naturelle, par L. Aimé-Martin. *Paris*, 1811, 2 vol. in-8. cart.

71. Annales de chimie et de physique, par Gay-Lussac et Arago, janvier 1821 (tome 16) à novembre 1829 (tome 42) 9 années.

Manque décembre 1829.

72. Chimie appliquée à l'agriculture, par Chaptal. *Paris*, 1823, 2 vol. in-8. cart. n. r.

73. Elémens de chimie agricole, par sir Humphry Davy. *Paris*, 1819, 2 vol. in-8. br.

74. Essais chimiques sur les arts et les manufactures de la Grande-Bretagne, trad. de l'angl. de Sam. Parkes et de Martin, par Delaunay. *Paris*, 1820, 3 vol. in-8. br.

75. Annales des sciences naturelles, par MM. Audouin, Ad. Brongniart et Dumas. *Paris*, Béchet, 1824-1829, 18 vol. in-8. br.

76. Mémoires du Muséum d'histoire naturelle, par les professeurs de cet établissement. *Paris*, Belin, 1819 à 1829, tomes 3 à 18 inclus. in-4. pap. vél. fig. en nos.

77. Histoire et description du Muséum d'histoire naturelle, par M. Deleuze. *Paris*, 1823, 2 vol. in-8. fig. br.

On y a joint 3 plans et 14 vues, premières épreuves sur papier de Chine, in-fol.

78. Traité élémentaire de minéralogie, par F.-S. Beudant. *Paris*, 1824, in-8. fig. br.

79. Traité de géognosie, par D'Aubuisson de Voisins. *Paris*, 1819, 2 vol. in-8. br.
80. Discours sur les révolutions de la surface du globe, et sur les changements qu'elles ont produits dans le règne animal, par G. Cuvier. *Paris*, 1826, gr. in-4. fig. br.
81. Nouveau cours complet d'agriculture théorique et pratique, par les membres de la section d'agriculture de l'Institut. *Paris*, Déterville, 1821, 16 vol. in-8. br.

Manque 8e, 10e, 11e et 12e vol.

82. Traité théorique et pratique des amendements et des engrais, par M. E. Martin. *Paris*, 1829, in-8. br.
83. Flore médicale décrite par Chaumeton, Chamberet et Poiret, peinte par mad. E. Panckoucke et Turpin. *Paris*, 1819, 90 livraisons in-fol. pap. vél. fig. color.
84. Phytographie médicale, ornée de figures coloriées de grandeur naturelle, où l'on expose l'histoire des poisons tirés du règne végétal, etc. par Jos. Roques. *Paris*, 1821, 36 livr. gr. in-4. pap. vél. fig. color.
85. Traité des champignons, par Paulet. *Paris*, 1793, 2 vol. in-4. br. en cart. 29 livraisons de pl. in-fol. fig. color.
86. Plantes de la France ou naturalisées et cultivées en France, décrites et peintes d'après nature par Jaume-S.-Hilaire. *Paris*, 1822 et suiv. 10 vol. in-4. fig. color. en livrais.
87. Manuel des plantes usuelles, ou hist. abrégée des plantes de France, par Loiseleur Deslongchamps. *Paris*, 1819, 2 vol. in-8. br.
88. Essai sur les variétés de la vigne qui végètent

en Andalousie, par D. Simon-Roxas Clemente, trad. par de Caumels. *Paris*, 1814, in-8. fig. color. br.

89. Flore médicale des Antilles ou traité des plantes usuelles des colonies françaises, anglaises, espagnoles et portugaises, par E. Descourtilz. *Paris*, 1821-1829, 125 livraisons in-8. fig. color.

90. Flora brasiliæ meridionalis, auctore Aug. de S. Hilaire. *Parisiis*, 1824, 15 livraisons gr. in-4.

91. Recherches sur les ossements fossiles du département du Puy-de-Dôme, par Aug. Bravard, l'abbé Croiset et Jobert. *Paris*, Dufour, 1827, 6 livr. in-4.

92. Recherches sur les ossements fossiles, où l'on rétablit les caractères de plusieurs animaux dont les révolutions du globe ont détruit les espèces, par G. Cuvier. nouv. édit. *Paris*, 1821-1824, 5 tomes 7 en vol. gr. in-4. fig. br. en cart.

93. Histoire naturelle des mammifères, avec des figures originales enluminées, dessinées d'après les animaux vivants par MM. Geoffroy-S.-Hilaire et Fr. Cuvier, de Lasteyrie éditeur. *Paris*, Firmin Didot, 1820-1828, 58 livraisons gr. in-fol. fig. color.

94. Nouv. recueil de planches coloriées d'oiseaux, publié par C. J. Temminck et Meiffren Laugier, d'après les dessins de MM. Huet et Prêtre. *Paris*, G. Dufour, 1820-1830. 85 livraisons in-fol. pap. vél. fig. color.

95. Les Pigeons, par mad. Knip, le texte par C. J. Temminck. *Paris*, 1811, tr. gr. in-fol. pap. vél. fig. color.

96. Histoire naturelle des perroquets, par Fr. le

Vaillant. *Paris*, Levrault, 1801-1805, 2 vol. tr. gr. in-fol. pap. vél. fig. color. dos de mar. r. n. r.

Tiré à 12 exempl. sur ce format.

97. Description des coquilles fossiles des environs de Paris, par G.-P. Deshayes. *Paris*, Béchet, 1824-1829, 14 livraisons in-4.

98. Histoire naturelle des crustacées fossiles sous les rapports zoologiques et géologiques, par Al. Brongniart et Anselle Gaëtan Desmarets. *Paris*, 1822, gr. in-4. fig. br. en cart.

99. Histoire naturelle générale et particulière des mollusques terrestres et fluviatiles, par de Férussac. *Paris*, 1819-1821, 18 livr. in-4. fig.

100. Dictionnaire de médecine pratique et de chirurgie, mis à la portée des gens du monde, par Alex. Pougens. *Paris*, 1820, 4 vol. in-8. br.

101. Dictionnaire des sciences médicales, par une société de médecins et de chirurgiens. *Paris*, 1812, 60 vol. in-8. pap. vél. br.

102. Journal complémentaire du dictionnaire des sciences médicales. *Paris*, 1818-1829, 138 cahiers in-8. pap. vél.

Manque cahiers 20, 21, 22, 25, 46 à 72, 133, 134 et 137.

103. Nouvelle bibliothèque médicale, par une réunion de profeseurs, années 1821 à 1826 inclus. tomes 71 à 91 inclus. *Paris*, 1821, 21 vol. in-8. br.

104. Corso elementare di notomia del Ant. Catellacci. *Pisa*, 1806, in-8. fig. cart. n. r.

105. Recherches sur le système nerveux en général et sur celui du cerveau en particulier, par F.-J. Gall et G. Spurzheim, avec une planche. *Paris*, 1809, in-4. pap. vél. br.

106. Anatomie et physiologie du système nerveux en général et du cerveau en particulier, par F.-J. Gall. *Paris*, Maze, 1810-1820, 4 vol. gr. in-fol. pap. vél. fig. en feuilles.

107. Philosophie anatomique des organes respiratoires sous le rapport de la détermination et de l'identité de leurs pièces osseuses, par Geoffroy S.-Hilaire. *Paris*, 1818, in-4. et un cahier de planches.

108. Nouv. élémens de physiologie, par Richerand, 8e édit. *Paris*, 1820, 2 vol. in-8. pap. vél. cart. n. r.

109. Doctrine des rapports du physique et du moral, pour servir de fondement à la physiologie dite intellectuelle et à la métaphysique, par F. Bérard. *Paris*, 1823, in-8. pap. vél. cart. n. r.

110. Doctrine nouvelle sur la reproduction de l'homme, suivis du tableau des variétés de l'espèce humaine, par Tinchant. *Paris*, 1822, in-8. br.

111. Nosologie naturelle, ou les maladies du corps humain distribuées par famille, par J.-L. Alibert. *Paris*, 1817, gr. in-4. pap. vél. fig. color. mar. bleu, dent. tabis, t. d. tom. 1er.

112. Monographie des Dermatoses, ou précis théorique et pratique des maladies de la peau, par le baron Alibert. *Paris*, 1832, gr. in-4. fig. cart. n. r.

113. Traité des maladies des yeux, avec des planches color. représentant ces maladies, d'après nature, suivi de la description de l'œil humain, trad. de Soemmering par Demours. *Paris*, 1818, 3 vol. in-8. et atlas in-4. cart.

114. Traité des maladies du cœur et des gros

vaisseaux, par R.-J. Bertin, rédigé par J. Bouillaud. *Paris*, 1824, in-8. fig. br.

115. Observations sur la fièvre jaune faites à Cadix en 1819, par MM. Parizet et Mazet. *Paris*, 1820, gr. in-4. fig. color. br. en cart.

116. Histoire médicale de la fièvre jaune, observée en Espagne, et particulièrement en Catalogne, en 1821, par Bailly, François, Pariset. *Paris*, 1823, in-8. br.

117. La même. In-8. pap. vél. mar. r. tabis, t. d.

118. Monographie historique et médicale de la fièvre jaune des antilles, par Al. Moreau de Jonnès. *Paris*, 1820, in-8. br.

129. Leçons faisant partie du cours de médecine légale de M. Orfila. *Paris*, 1821, in-8. br.

120. La médecine légale relative à l'art des accouchements, par J. Capuron. *Paris*, 1821, in-8. br.

121. Cours théorique et pratique d'accouchements, par J. Capuron, 3e édit. *Paris*, 1823, in-8. br.

122. Principi sul l'arte dei parti del sig. G. L. Baudelocque, tradotti dal Mannajoni. *Firenze*, 1810, in-8. fig. br.

123. De la lithotritie ou broiement de la pierre dans la vessie, par le docteur Civiale. *Paris*, 1827, in-8. pap. vél. fig. — Rapport de l'Institut. in-8. pap. vél. br. en cart.

124. Manuel des pharmaciens et des droguistes, par J. B. Kapeler et Caventou. *Paris*, 1821, 2 vol. in-8. br.

125. Traité élémentaire de pharmacie théorique d'après l'état actuel de la chimie, par J. B. Caventou. *Paris*, 1819, in-8. br.

126. Cours théorique et pratique de matière médicale-thérapeutique sur les remèdes altérants, par de Barthez, avec notes par J. Seneaux. *Montpellier*, 1821, 2 vol. in-8. br.

127. Recherches et observations sur les effets des préparations d'or du docteur Chrestien, dans le traitement de plusieurs maladies, par J.-G. Niel, publ. par J.-A. Chrestien. *Paris*, 1821, in-8. br.

128. Précis historique sur les eaux minérales les plus usitées en médecine, par J.-L. Alibert. *Paris*, 1826, in-8. br.

129. Recherches historiques et observations médicales sur les eaux thermales et minérales de Néris en Bourbonnais, par Boirot-Desserviers. *Paris*, 1822, in-8. br.

130. Recherches sur les propriétés des eaux du Mont-d'Or, par Mich. Bertrand. *Paris*, 1810, in-8. v. r. fil. t. d.

130 bis. Les mêmes. *Clermont-Ferrand*, 1823, in-8. pap. vél. dos de mar. r. n. r.

131. Exercices de mathématiques, par Aug. Louis Cauchy. *Paris*, 1826-1829, 38 livrais. in-4.

132. Traité de géométrie descriptive, par M. Hachette. *Paris*, 1822, in-4. fig. br.

133. Eléments de géométrie, par L. Bertrand. *Paris*, 1812, in-4. fig. br.

134. Traité de la géométrie descriptive, par L.-L. Vallée. *Paris*, 1819, 2 vol. in-4. dont un de planches, br.

135. Journal de l'Ecole polytechnique. *Paris*, 1820, tomes 11 et 12, in-4. br.

136. Traité de mécanique industrielle, par Christian. *Paris*, 1822, 3 vol. in-4. et atlas in-4. br.

137. Description des machines et procédés spéci-

fiés dans les brevets d'invention, de perfectionnement et d'importation, par C.-P. Molard. *Paris*, 1811-1826, 12 premiers vol. in-4. fig. br.

138. Mémoires sur les travaux publics de l'Angleterre, par J. Dutens. *Paris*, 1819, in-4. fig. br. br. en cart. n. r.

139. Rapport et mémoire sur les ponts suspendus, par Navier. *Paris*, 1823, in-4. avec atlas in-fol. oblong, br.

140. Description du canal de jonction de la Meuse au Rhin, par A. Hageau. *Paris*, 1819, gr. in-4. et atlas in-fol. obl. br.

141. Mémoire sur la digue de Cherbourg, comparée au Breakwater ou jetée de Plymouth, par J. M. F. Cachin. *Paris*, 1820, in-4. fig. br.

142. Description du canal de Saint-Denis et du canal Saint-Martin, par R. E. de Villiers. *Paris*, 1826, in-4. et planches gr. in-fol.

143. Essai sur l'histoire générale de l'art militaire, de son origine, de ses progrès et de ses révolutions, par le colonel Carion-Nisas. *Paris*, 1824, 2 vol. in-8. br.

144. Manuel de la typographie française, ou traité complet de l'imprimerie, par P. Capelle, *Paris*, 1826, 2 livraisons in-4.

145. Traité de la science du dessin, par L. L. Vallée. *Paris*, 1821, 2 vol. dont un de planches in-4. br.

146. Anatomia per uso degli studiosi di scultura e pittura, opera di Paolo Mascagni. *Firenze*, 1816, tr. gr. in-fol. fig. (15.) color.

147. Ecole de paysage, ou œuvres d'artistes célèbres tant anciens que modernes, gravées et pu-

bliés par Benoît Piringer. *Paris*, Jules Didot, 3 liv. gr. in-fol. br. pap. vél. lettre grise.

148. Suite d'études calquées et dessinées d'après cinq tableaux de Raphaël, accompagnées de gravures et de notices hist. et critiques par Emeric David; publ. par F. Bonnemaison. *Paris*, P. Didot l'aîné, 1818, 6 livraisons tr. gr. in-fol. pap. vél.

149. Les loges de Raphaël, par de Meulemeester. *Paris*, Firm. Didot, 1re livr. tr. gr. in-fol. pap. vél. fig. (4); lettre grise.

150. Essai sur les nielles, gravures des orfèvres florentins du 15e siècle, par Duchesne. *Paris*, 1826, in-8. fig. br.

151. Collection de costumes, armes et meubles, pour servir à l'histoire de France depuis le commencement de la monarchie jusqu'à nos jours, par le comte Hor. de Viel-Castel. *Paris* 1826.—1830, 28 livraisons gr. in-4. fig. color.

152. Costumes ecclésiastiques, civils et militaires, des 13, 14 et 15e siècles, extraits des monumens les plus authentiques de peinture et de sculpture, avec un texte histor. et descriptif par Camille Bonnard. *Rome*, 1827-28, tom. 1er — 25 livr. et tome 2, 7 livraisons in-4. fig. color.

153. Souvenirs pittoresques du général Bacler d'Albe. 2 vol. gr. in-4. composés chacun de 17 livraisons.

154. Choix de vües pittoresque, par le vicomte de Senonnes. *Paris*, Firmin Didot, 1820, 7 livr. tr. gr. in-fol.

155. Collection d'onze planches lithogr. représentant la vue de Newmarket et la vie du cheval de course, (texte en franç. et en anglais.) par A. Dubost. *Paris*, 1818, in-fol. obl. fig.

156. Recueil de 200 pièces, caricatures de l'empire et de la restauration, 2 vol. in-fol. cart.

157. Le Jugement de Salomon, par Nic. Poussin, gravé par A. André Morel, épreuve avant la lettre.

158. Atala, par Girodet, grav. par Raph. Urb. Massard, épreuve avant la lettre.

159. Louis XVIII, d'après F. Gérard, gravé par F. Girard, épreuve très-belle, lettre grise.

160. La mort du duc de Berri, par Fragonard, gravée par Alb. Girardet, épreuve avant la lettre.

161. Portraits et lithogr. :

Mathieu de Montmorency, Rob. Paul de Lamanon, naturaliste; Favart, d'Hauterives, Louis Jurine, Electre, Domremy, monument de Pichegru, monument de Quiberon, recueil de six vues, sacre de Charles X, tr. gr. in fol.

162. 7 portraits en pied, lithogr. d'après Guérin :

Louis et Henri de Larochejaquelin, Louis de Lescure, Georges Cadoudal, Charette, de Beauchamp, Jacq. Cathelineau, l'Antigone française, Louis XVI, Marie-Antoinette, Louise, Marie-Adélaïde.

163. Suite complète de 80 vignettes pour les œuvres de Voltaire, gravées d'après les dessins de Desenne. *Paris*, 1826, gr. in-8. en livraisons.

Exempl. de souscription.

164. Vues pittoresques et perspectives des salles du musée des monumens français et des principaux ouvrages d'architecture, de sculpture et de peintures sur verre qu'elles renferment, par M. Réville et Lavallée, d'après les dessins de Vauzelle, avec un texte par de Roquefort. *Paris*, 1816, 5 livr. tr. gr. in-fol. pap. vél. fig. avant la lettre, complet.

165. Le musée français et le musée royal, ou collection complète des gravures d'après les plus beaux tableaux, statues et bas-reliefs qui composent la collection nationale, avec l'explication des sujets, et des discours sur les arts, par J. G. Croze-Magnan, Visconti et Emeric-David, Guizot et autres; publiés par Robillard-Péronville, Pierre Laurent et Henri Laurent. *Paris*, P. Didot l'aîné, 1803-1818, 6 vol. gr. in-fol. dos de mar. vert et rouge, n. r.

Ancien tirage, très bel exempl. pour les épreuves.

166. Essais lithographiques sur l'exposition au musée royal de l'année 1819. *Paris*, Rey, 9 livraisons in-4.

167. Galerie de madame la duchesse de Berri, lithogr. par d'habiles artistes sous la direction du chev. Bonnemaison. *Paris*, J. Didot l'aîné, 1822, 30 livraisons in-fol. fig. sur papier de Chine.

168. Opere di scultura e di plastica di ant. Canova, descritte da Isabella Albrizzi. *Firenze*, 1809, in-fol. pap. vél. cart. n. r.

N. 30 sur 160 exempl.

169. Le Vignole des ouvriers, par Ch. Normand. *Paris*, 1821, in-4. fig. br.

170. Traité de l'art de la charpente théorique et pratique, par Krafft. *Paris*, 1819, gr. in-fol. 4 parties.

Manque la 3e.

171. Recueil de décorations intérieures, contenant tout ce qui a rapport à l'ameublement, par C. Percier, et P. F. L. Fontaine. *Paris*, 1812, in-fol. cart. n. r.

172. Plans raisonnés de toutes les espèces de jar-

lodins, par Gabr. Thouin. *Paris*, 1819, 11 livraisons in-fol.

173. Choix d'édifices publics construits ou projetés en France, extraits des archives du conseil des bâtimens civils, par MM. Gourlier, Biet, Grillon et Tardieu. *Paris*, L. Colas, 1826-1828. 18 livraisons in-fol.

174. Les monumens de la France, classés chronologiquement et considérés sous le rapport des faits historiques et de l'étude des arts, par Alex. De Laborde, les dessins par MM. Bourgois, Bance, etc. etc. *Paris*, 1816-1818, 30 livraisons tr. gr. in-fol. pap. vél.

175. Plans des hôpitaux et hospices civils de la ville de Paris, levés par ordre du conseil général d'administration de ces établissemens. *Paris*, 1820, gr. in-4. dos de mar. r. t. d.

Ce livre n'a jamais été mis dans le commerce.

176. Description des Catacombes de Paris, par Héricart de Thury. *Paris*, 1815, in-8. fig. br.

177. Recherches sur l'église métropolitaine de Cambrai, par A. Le Glay. *Paris*, 1825, in-4. fig. br.

178. Description historique des maisons de Rouen les plus remarquables par leur décoration extérieure et par leur ancienneté, ornée de 21 sujets inédits, dessinés par E. H. Langlois. *Paris*, 1821, in-8. fig. br.

179. Du rétablissement des églises en France, à l'occasion de la réédification projetée de celle de Saint-Martin de Tours, par Jacquet-Delahaye-Avrouin. *Paris*, 1822, gr. in-4. fig. avant la lettre br.

180. Description histor. et pittoresque du château

de Chambord, par MM. Merle et Perié, 5 livr. in-fol. pap. vél.

181. Monuments antiques du midi de la France, département du Gard, par MM. Grangent, C. Durand et S. Durand. *Paris*, 1819, in-fol. fig. (42), br.

182. Monuments romains et gothiques de Vienne en France, dessinés et publiés par E. Rey. *Paris*, 1821-1826, 16 liv. tr. gr. in-fol. (demi-gr.-aigle).

183. Vues, plans, coupes et détails de la cathédrale de Cologne, avec des restaurations d'après le dessin original, accompagnés de recherches sur l'architecture des anciennes cathédrales et de tableaux comparatifs des principaux monuments, par Sulpice Boisserée. *Stuttgard*, Gotta, 1821, 2 liv. tr. gr. in-fol. max. pap. vél. fig. (7) sur pap. de Chine avant la lettre.

184. Le Palais de Scaurus ou description d'une maison romaine, par Mazois. 2e édit. *Paris*, 1822, in-4. pap. vél. fig. cart. n. r.

185. Raccolta delle più insigni fabbriche di Roma antica e sue adjacenze, misurate nuovamente e dichiarate dall' architetto Gius. Valadier, illustrate con osservazioni antiquarie da Fil. Aur. Visconti ed incise da Vinc. Feoli. *Roma*, 1810-1818, 5 part. tr. gr. in-fol. pap. vél.

1. Tempio di Antonino e Faustina. — 2. Tempio della Sibilla à Tivoli. — 3. Di Vesta in Roma. — 4. Di Giove Statore. — 5. Di Giove tonante e la colonna di Foca.

186. Palais, maisons et autres édifices modernes, dessinés à Rome, publiés à Paris (par Percier, Fontaine et Bernier.) *Paris*, 1798, gr. in-fol. cart. n. r.

187. Les plus beaux édifices de la ville de Gêne-

et de ses environs, par Gauthier. *Paris*, 1825, liv. 20 à 23, in-fol.

188. Dei Bagni di Pisa, trattato di Ant. Cocchi Mugellano. *Firenze*, 1750, gr. in-4. fig. vél.

189. Architecture antique de la Sicile, ou recueil des plus intéressants monuments d'architecture des villes et des lieux les plus remarquables de la Sicile ancienne, mesurés et dessinés par J. Hittorff et L. Zanth. *Paris*, Jules Renouard, 5 liv. gr. in-fol. pap. vél.

190. Architecture moderne de la Sicile, ou recueil des plus beaux monuments religieux, et des édifices publics et particuliers les plus remarquables des principales villes de la Sicile, mesurés et dessinés par J. Hittorff et L. Zanth. *Paris*, Jules Renouard, 16 livrais. gr. in-fol. pap. vél.

191. Monuments des grands maîtres de l'ordre de Saint-Jean de Jérusalem, ou vues des tombeaux élevés à Jérusalem, à Ptolémaïs, à Rhodes, à Malte, etc., publ. par le vicomte L. F. de Villeneuve-Bargemont. *Paris*, Blaise, 1829, 2 vol. gr. in-8. pap. vél. fig. cart. n. r.

192. Messe de requiem à grand orchestre, par Ch. H. Plantade, in-4. br.

BELLES-LETTRES.

193. Essai sur l'origine unique et hiéroglyphique des chiffres et des lettres de tous les peuples, par de Paravey. *Paris*, 1826, in-8. fig. br.

194. Elémens de grammaire chinoise, par M. Abel-Rémusat. *Paris*, 1822, in-8. br.
195. Dictionnaire chinois-français et latin, publié par de Guignes. *Paris*, 1813, 1114 pages gr. in-fol. pap. vél. br.
196. Théorie de la grammaire et de la langue grecque, par C. Minoïde Mynas. *Paris*, 1827, in-8. br.
197. Grammaire de la langue arabe vulgaire et littérale, ouvr. posthume de Savary, augm. de quelques contes arabes. *Paris*, 1813, in-4. br.
198. Grammaire arabe-vulgaire, par Caussin de Perceval. *Paris*, 1824, in-4. br.
199. Elémens de grammaire turke, par P. Amédée Jaubert. *Paris*, 1823, in-4. br.
200. Grammaire de la langue américaine, par J. Ch. Cirbied. *Paris*, 1823, in-8. br.
200 bis. R. Stephani Thesaurus linguæ latinæ; cui post editionem Lond. accesserunt nunc primum Henr. Stephani annotationes autographæ; nova cura recensuit, repurgavit et animadversiones adjecit Ant. Birrius. *Basilæ*, 1740-43, 4 vol. in-fol. v. br.
200 ter. Ger.-Joan. Vossii etymologicon linguæ latinæ, *Lugduni*, 1674, in-fol. v. br. t. d.
201. Cours de langue française, par Lemare. *Paris*, 1819, 2 vol. in-8. br.
202. Grammaire des grammaires, par Girault Duvivier, 5e édit. *Paris*, 1822, 2 vol. in-8. pap. vél. v. bl. t. d. Bibolet.
203. Dictionnaire de l'académie française. *Paris*, 1811, 2 vol. in-4. dem. rel.
204. Supplément au dictionnaire de l'académie. *Paris*, 1825, in-4. br.
205. Dictionnaire français de la langue oratoire

et poétique, par J. Planche. *Paris*, 1819, 3 vol. in-8. br.

206. Nouv. dictionnaire des synonymes de la langue française, par F. Guizot. *Paris*, 1809, 2 parties en 1 vol. in-8. b. r.

207. Dictionnaire des patois du Bas-Limousin (Corrèze), et plus particulièrement des environs de Tulle, ouvr. posthume de Nic. Béronie, mis en ordre par Jos.-Anne Vialle. *Tulle*, in-4. br.

208. Dictionnaire français-italien, et italien-français, par Alberti. *Nice*, 1788, 2 vol. in-4. b. m.

209. Dictionnaire français-anglais et anglais-français, par Boniface. *Paris*, 1822, 2 vol. in-8. cart.

210. Grammaire allemande, par Simon. *Paris*, 1819, in-8. br.

211. Les séances de Hariri, publ. en arabe, avec un commentaire choisi par Silvestre de Sacy. *Paris*, 1821-1822, 2 vol. in-fol. pap. vél. br.

212. OEuvres complètes de Démosthènes et d'Eschine en grec et en français, trad. par Auger. Edit. revue par J. Planche. *Paris*, 1819, 10 vol. in-8. pap. vél. cart. n. r.

212 bis. M. T. Ciceronis opera omnia, ex recensione Jo. Aug. Ernesti, cum ejusdem notis et clave Ciceronianâ. *London*, Priestley, 1819, 8 vol. in-8. gr. pap. vél. br. en cart.

212 ter. Lexicon Ciceronianum Marii Nizolii, ex recensione Alexandri Scoti; accedunt phrases et formulæ linguæ latinæ ex commentariis Stephani Doleti, juxta editionem Jacobi Facciolati. *London*, Prietsley, 1820, 3 vol. in-8. gr. pap. vél. br. en cart.

213. Le Tusculane di Cicerone, tradotte in lingua

italiana, con alcuni opuscoli del traduttore. *Firenze*, 1805, 2 vol. in-8. b. gr. fil.

214. Oraisons funèbres de Bossuet, Fléchier, et autres orateurs, avec un discours préliminaire et des notices par M. Dussault. *Paris*, 1820, 4 vol. in-8. fig. br.

215. Les mêmes, v. fil.

216. Recueil de discours prononcés au parlement d'Angleterre par J.-C. Fox et W. Pitt. *Paris*, 1819, 12 vol. in-8. br.

217. Les Oiseaux et les Fleurs, allégories morales d'Azz-Eddin-Elmocadessi, publiées en arabe avec une traduction et des notes par M. Garcin. *Paris*, 1821, in-8. br.

218. Idylles de Théocrite, traduites en vers français avec le texte en regard, des notes, etc. par A. Cros. *Paris*, 1822, in-8. pap. vél. dos de mar. r. n. r.

219. Traduction complète des odes de Pindare, en regard du texte grec, avec des notes par R. Tourlet. *Paris*, 1818, 2 vol in-8. br.

220. Les chants de Tyrtée et de Callinus, trad. en vers, (texte en regard,) par Firmin Didot. *Paris*, 1827, in-fol. pap. vél. cart.

221. L'enlèvement d'Hélène, poëme de Coluthus, revu sur les meilleures éditions critiques, trad. en français, (avec le texte en regard,) par Stanislas Julien. *Paris*, 1823, in-8. fig. br.

222. Bibliothèque classique latine, ou collection des auteurs classiques latins, avec des commentaires et un index, publ. par Nic. Eloi Lemaire. *Paris*, 1828, 48 premières livraisons, ou 96 vol. in-8. br.

Manque la 9e livraison.

222 bis. De la même collection, les livrais. 70, 71 et 72, in-8. pap. vél.

223. OEuvres d'Horace, trad. par Campenon et Desprès, (avec le texte en regard) accomp. du commentaire de Galiani. *Paris*, 1821, 2 vol. in-8. br.

224. Les mêmes, 2 vol. in-8. pap. vél. cart. n. r.

225. OEuvres complètes d'Horace, trad. en fr. (avec le texte en regard,) par Batteux, avec comment. par Achaintre. *Paris*, Dalibon, 1823, 3 vol. in 8. br.

226. Les mêmes, v. bleu, fil. t. d.

226 bis. P. Virgilius Maro, varietate lectionis et perpetua annotatione illustratus à Chr. Gottl. Heyne, accedit index uberrimus. *London*, Priestley, 1821, 4 vol. in-8. gr. pap. vél. br. en cart.

227. L'Enéide trad. en vers franç. par J. Delille. *Paris*, 1813, 4 vol. gr. in-18, fig. v. rac. fil. t. d.

228. Les Métamorphoses d'Ovide, trad. nouv. avec le texte latin, par G. T. Villenave, ornée de gravures d'après les dessins de Le Barbier, Monsiau, Moreau et Duvivier. *Paris*, 1806-1821, 4 vol. gr. in-4. pap. Jésus, fig. avant la lettre.

229. OEuvres de Macrobe, trad. par Ch. de Rosoy. *Paris*, 1827, 2 vol. in-8. pap. vél. br.

230. Collection des classiques français. *Paris*, Lefèvre, 1824-1828, 73 vol. in-8. br.

La Bruyère, 2 vol. — J.-B. Rousseau, 2 vol. — Massillon, 1 vol. — P. et Th. Corneille, 12 vol. — Boileau, 4 vol. — Fénelon, 3 vol. — Malherbe, 2 vol. — J. Racine, 7 vol. — Bossuet, 3 vol. — Fléchier, 1 vol. — Molière, 8 vol. — Pascal, 2 vol. — Montesquieu, 8 vol. — La Fontaine, 6 vol.

— Montaigne, 5 vol. — Parny, 1 vol. — Larochefoucauld, 1 vol. — Crébillon, 2 vol. — Gil Blas, 5 vol.

230 bis. Collection des classiques français. *Paris*, Dufour et comp. 1828, 2 vol. in-8. fig. v. ant. plaques, t. d.

231. Collection de petits classiques français. *Paris*, N. Delangle, 1825, 8 vol. in-18, br.

Cette imitation des édit. Elzeviriennes contient la conjuration de Fiesque, les madrigaux de la Sablière, Voyage de Chapelle et Bachaumont, Poésies d'Aceilly, Relation de la campagne de Rocroi et de Fribourg, la Guirlande de Julie, OEuvres de Senecé, OEuvres de Sarrazin.

232. Fables inédites des 12, 13 et 14e siècles, et Fables de La Fontaine, rapprochées de celles de tous les auteurs qui avaient, avant lui, traité les mêmes sujets, par A. C. M. Robert. *Paris*, 1825, 2 vol. in-8. fig. (90), br.

232 bis. Contes et nouvelles en vers, par de La Fontaine. *Amst.*, 1762, 2 vol. in-8. fig. d'Eisen, v. m.

Edition dite des fermiers généraux.

233. Le Roman du Rou et des ducs de Normandie, par Rob. Wace, poète normand du 12e siècle, publ. pour la première fois d'après les manuscrits de France et d'Angleterre, avec des notes, par Fréd. Pluquet. *Rouen*, 1827, 2 vol. in-8. gr. pap. vél. fig. sur pap. de Chine, cart. n. r.

233 bis. Un double br.

234. Le Roman du Renart, publié d'après les manuscrits des 13, 14 et 15e siècles, par D. M. Méon. *Paris*, 1826, 4 vol. in-8. fig. br.

235. Discipline de clergie, et le Chastoiement d'un père à son fils, trad. de l'ouvrage de Pierre Al-

phonse, (avec le texte en regard). *Paris*, Rignoux, 1824, 2 vol. in-12, br.

Publié par la société des bibliophiles.

236. OEuure de Lovïze Labé Lionnoize. *Lyon*, 1824, in-8. pap. vél. br.

237. Poésies de Marguerite-Eléonore-Clotilde de Vallon-Chalys, publ. par Vanderbourg. *Paris*, 1824, in-8. fig. br.

238. Vers sur la mort, par Thibaud de Marly, imprimé sur un mss. de la bibliothèque du roi. *Paris*, Crapelet, in-8. gr. pap. vél. cart. n. r.

239. Poésies et lettres de Malherbe, ornées de son portrait, d'un *fac simile* et d'une vue de la ville de Caen. Blaise, 1822, 2 vol. in-8. br.

240. OEuvre de Boileau Despréaux. *Paris*, P. Didot l'aîné, 1819, 2 vol. gr. in-fol. pap. vél. fig. cart. n. r.

N° 92 sur 125 exempl.

241. OEuvres de Boileau Despréaux, avec un commentaire par de S.-Surin. *Paris*, Blaise, 1821, 4 vol. en 5, in-8. fig. br.

242. Fables choisies de La Fontaine, ornées de dessins lithographiés par MM. Carle Vernet, Horace Vernet, et Hippolyte Lecomte. *Paris*, Engelman, 1818, 33 livraisons in-4. obl.

242 bis. Un double, 30 livraisons.

243. La Henriade, poème par Voltaire. *Paris*, P. Didot l'aîné, 1819, gr. in-fol. pap. vél. cart. n. r.

N° 79 sur 125 exempl.

244. La Henriade, par Voltaire, ornée de fig. lithographiées d'après les dessins d'Horace Ver-

net, avec les portraits par Mauzaisse. *Paris*, Dubois, 1825, in-fol. br.

245. OEuvres complètes de Bertin, avec notes et variantes, précédées d'une notice histor. sur sa vie. *Paris*, 1824, in-8. pap. vél. fig. avant la lettre et eaux-fortes, v. r. t. d.

246. Etudes littéraires et poétiques d'un vieillard, par le comte Boissy d'Anglas. *Paris*, 1825, 6 vol. in-12, br.

247. Les Vers-à-soie, poème didactique en vers provençaux, avec des notes par Diouloufet. *Aix*, 1819, in-8. pap. vél. br.

248. Biblioteca poetica italiana, scelta e publicata da A. Buttura. *Parigi*, Lefèvre, 1820, 28 vol. in-32, portr. pap. vél. br.

Scelta di poesie, 3 vol. — Aminta, — Pastor fido, — Petrarca, 3 vol. — Metastasio, 3 vol. — Dante, 3 vol. — T. Tasso, 4 vol. — Alfieri, 3 vol. — Ariosto, 7 vol.

249. La Divina commedia di Dante Alighieri, gia ridotta a migliore lezione dagli academeci della Crusca. *Livorno*, 1807, 3 vol. gr. in-8. pap. vél. br.

250. La Divina commedia di Dante Alighieri, col comento di G. Biagioli. *Parigi*, 1818, 3 vol. in-8. br.

251. Rime di F. Petrarca, col comento di G. Biagioli. *Parigi*, 1821, 3 vol. in-8. pap. vél. cart. n. r.

252. La Gerusalemme liberata, di Torquato Tasso. *Pisa*, 1807, 2 vol. in-fol. br. en cart.

253. La Jérusalem délivrée, trad. en vers, par Baour-Lormian. *Paris*, 1819, 3 vol. in-8. fig. br.

253 bis. Arcadia de Sannazano. *Venetia*, 1534, in-8. v. ant. fil.

254. Rime di Michelagnolo Buonarotti il vecchio, col commento di G. Biagioli. *Parigi*, 1821, in-8. pap. vél. cart. n. r.
255. Le Messie, poëme de F.-G. Klopstock, trad. par J. d'Horrer. *Paris*, 1826, 3 vol. in-8. pap. vél. br.
256. The poetical works of John Milton. *Paris*, Lefèvre, 1822, 3 vol. in-32, pap. vél. br.
257. The poetical works of Alexander Pope. *Paris*, Lefèvre, 1822, 3 vol. in-32, pap. vél. br.
258. Le Théâtre des Grecs, par le P. Brumoy, édition revue et augmentée par Raoul-Rochette. *Paris*, 1820-25, 16 vol. in-8. fig. br.
259. Théâtre complet des Latins, par J.-B. Levée et Lemonnier, augmenté de dissertations par Amaury Duval. *Paris*, 1820, 15 vol. in-8. br.
259 bis. P. Terentii comœdiæ sex, ex recensione Frid. Lindenbrogii, cum ejusdem mstorum lectionibus et observationibus atque Ælii Donati, Eugraphii et Calpurnii commentariis integris; his accesserunt Bentleii et Faerni lectiones ac conjecturæ omnes, sed in compendium redactæ; quibus et suas aspersit Car. Zeunius. *London*, Priestley, 1820, 2 vol. in-8. gr. pap. vél. br. en cart.
260. Théâtre de P. Corneille. *Genève*, 1774, 8 vol. in-4. fig. v. rac. fil.
261. OEuvres de Molière avec des remarques grammaticales, des avertissemens et observations, par Bret. *Paris*, 1773, 6 vol. in-8. fig. v. éc. fil.
262. OEuvres de Molière, avec un commentaire par Auger. *Paris*, Desoer, 1819-1825, 9 vol. in-8. pap. vél. fig. br.
263. OEuvres complètes de Molière, avec les no-

tes de tous les commentateurs, édit. publ. par L. Aimé-Martin. *Paris*, Lefèvre, 1824, 8 vol. in-8. gr. pap. vél. fig. triples avant la lettre sur pap. de Chine, sur pap. blanc et eaux-fortes, dos de veau à nerfs, n. r. Vogel.

264. OEuvres complètes de Molière, ornées de trente vignettes dessinées par Devéria et gravées par Thompson. *Paris*, 1826, in-8. pap. vél. mar. viol. t. d.

Riche reliure de Purgold.

264 bis. OEuvres de Racine, ornées de 57 gravures d'après les compositions de Girodet, Gérard, etc. etc. *Paris*, 1816, 3 vol. in-8. v. r. fil. t. d.

264 ter. OEuvres de J. Racine. *Paris*, 1826, in-8. d. r.

265. Proverbes dramatiques, par M. Theod. Leclercq. *Paris*, 1828, 6 vol. in-8. v. ant. fil.

266. Chefs-d'œuvre des théâtres étrangers, trad. en franç. par une société de gens de lettres. *Paris*, Ladvocat, 1822, 25 vol. in-8. gr. pap. vél. br.

267. OEuvres dramatiques de F. Schiller, trad. de l'allem. *Paris*, Ladvocat, 1821, 6 vol. in-8. gr. pap. vél. br.

268. Chefs-d'œuvre de Shakspeare, trad. conformément au texte original, en vers blancs, en vers rimés et en prose, suivis de poésies diverses par A. Bruguières, revues par Chenedollé. *Paris*, 1826, 2 vol. in-8. br.

269. OEuvres complètes de Shakspeare, trad. de l'angl. par Letourneur, édit. revue et corrigée par M. Guizot. *Paris*, Ladvocat, 1821, 13 vol. in-8. gr. pap. vél. br.

270. Mythologie dramatique de Lucien, trad. en franç. et accomp. du texte et d'une version latine par Gail. *Paris*, 1798, in-4. br.

271. Le Pantcha-Tantra, ou les cinq ruses, fables du Brahme Vichnou-Sarma; aventures de Paramarta, et autres contes trad. sur les originaux indiens par l'abbé J.-A. Dubois. *Paris*, 1826, in-8. br.

272. Les mille et une nuits, contes arabes, trad. en franç. par Galland, édition donnée par MM. Nodier et Destains. *Paris*, 1822, 6 vol. in-8. pap. vél. fig. de Westall, avant la lettre sur pap. de Chine, v. lilas fers à froid, t. d.

273. OEuvres de Lesage. *Paris*, Renouard, 1821, 12 vol. in-8. pap. vél. cart. n. r.

274. Histoire de Gil Blas de Santillane, par Lesage. *Paris*, 1824, 4 vol. in-12, pap. fin, fig. avant la lettre sur pap. de Chine et sur pap. blanc et eaux-fortes, v. vert à compartim. t. d. Bibolet.

274 bis. OEuvres de mesdames La Fayette et de Tencin. *Paris*, 1818, 4 vol. in-8. fig. d. r.

274 ter. OEuvres de mad. de Souza. *Paris*, 1822, 6 vol. in-8. fig. d. r.

275. Histoire du roi de Bohême et de ses sept châteaux, (par Ch. Nodier.) *Paris*, Delangle, 1830, in-8. cart. n. r.

276. OEuvres complètes de Cervantes, trad. par H. Bouchon Dubournial. *Paris*, 1821-1822, 6 vol. in-8. pap. vél. fig. avant la lettre, br.

277. OEuvres de sir Walter Scott, trad. de M. Defauconpret, avec des éclaircissements et des notes histor. *Paris*, Furne, 1830, 27 vol. in-8. fig. d. r.

278. OEuvres de Cooper, trad. de M. Defau-

compret, avec des éclaircissemens et des notes historiques. *Paris*, Furne, 1830, 14 vol. in-8. fig. d. r.

279. Lycée, ou Cours de littérature ancienne et moderne; par J.-F. Laharpe. *Paris*, Agasse, an VII, 16 vol. in-8. v. r. fil.

280. Lycée, ou Cours de littérature ancienne et moderne, par Laharpe. *Paris*, 1821, 16 vol. in-8. br.

281. Essais sur la littérature des Hébreux, par Ch. de Montbron. *Paris*, 1819, 3 vol. en 4, in-12, br.

282. Recherches critiques sur l'âge et l'origine des traductions latines d'Aristote, et sur des commentaires grecs ou arabes employés par les docteurs scholastiques, par Jourdain. *Paris*, 1819, in-8. br

283. Discours, opinions et rapports, sur divers sujets de législation, d'instruct. publ. et de littérature, par Silvestre de Sacy. *Paris*, 1823, in-8. br.

284. OEuvres de Fénélon. *Paris*, Didot, 1787, 9 vol. in-4. v. rac. fil. t. d.

285. OEuvres de La Fontaine, édit. donnée par M. Walckenaer. *Paris*, Lefèvre, 1822, 6 vol. in-8. fig. br. — Histoire de la vie et des ouvrages de La Fontaine. *Paris*, Nepveu, 1824, in-8. fig. br.

286. OEuvres complètes de Rollin, édit. accomp. d'observations et d'éclaircissements histor. par M. Letronne. *Paris*, 1821-1825, 31 vol. in-8. et atlas pap. vél. br.

287. OEuvres de Turgot. *Paris*, 1811, 9 vol. in-8. br.

288. OEuvres de Jacq. Henri Bernardin de S.-Pier-

re, mises en ordre par L. Aimé-Martin. *Paris*, Lefèvre, 1833, 2 vol. tr. gr. in 8. pap. vél. v. rouge t. d. Ginain.

289. OEuvres de M. de Bonald. *Paris*, 1818, tomes 8, 9, 10 et 11, 4 vol. in-8. br.

Recherches philosophiques, 2 vol. — Mélanges, 2 vol.

290. OEuvres de Machiavel, trad. par T. Guiraudet. *Paris*, an VII, 9 vol. in-8. b. r. fil.

290 bis. Literary souvenir 1827, in-8. fig. cart.

290 ter. The Keepsake, 1828, in-8. fig. cart. en soie moirée.

291. Atlantic souvenir. 1830, in-8. fig. mar. r. t. d.

291 bis. Lettres inéd. du chancelier d'Aguesseau, publ. par D. B. Rives. *Paris*, 1823, in-4. br.

292. Correspondance littéraire, philosophique et critique, par Grimm, de 1770-1782. *Paris*, 1812, 5 vol. in-8. br.

293. Lettres de Henri VIII à Anne Boleyn, avec la traduction, précédées d'une notice historique sur Anne Boleyn. *Paris*, Crapelet, in-8. gr. pap. vél. br. en cart. n. r.

293 bis. Un double, fig. sur pap. de Chine, cart. pap. mar. n. r.

HISTOIRE.

294. Précis de la géographie universelle, par Malte-Brun. *Paris*, 1810, 5 vol. in-8. br. et atlas

Tomes 1, 2, 3, 4 et 7.

295. Abrégé de géographie moderne, par Pin-

kerton et Walckenaer. *Paris*, 1811, 2 vol. in-8. cartes br.

296 Geographici græci minores, volumen primum, continens Hannonis et Scylacis periplos. *Paris*. 1826, in-8. br.

297. Recherches sur la géographie ancienne et sur celle du moyen âge, par C. A. Walckenaer. *Paris*, 1822, in-4. cartes br.

298. Dictionnaire universel de la géographie commerçante, par J. Peuchet. *Paris*, an VII, 5 vol. in-4. dem. rel.

299. Introduction à l'atlas etnographique du globe, par Adr. Balbi. *Paris*, 1826, in-8. et atlas in-fol. br.

300. Carte de la France, publiée sous la direction de l'Académie des sciences; par Dom. Cassini de Thury. *Paris*, 1744-1793, 156 feuilles divisées en 2 vol. in-fol. d. r.

301. Nos 107, 139 et 144 de Cassini, Basses-Pyrénées, Orthez et Bayonne, Remiremont et Montbeillard. 3 feuilles lavées, col. sur toile.

302. Atlas national et routier de la France. *Paris*, 1816, gr. in-4. d. r.

303. Carte physique administrative et routière de la France, indiquant aussi la navigation intérieure, par A. H. Brué. *Paris*, Goujon, 1818, 4 feuilles lavées.

304. Atlas communal de la France, par divisions militaires. *Paris*, 1823, 22 feuilles color.

305. Mapa de España y Portugal, por D. T. Lopez. *Madrid*, 1765 - 1793, 90 feuilles pour l'Espagne et 8 pour le Portugal, lavées, collées sur toile, dans 5 étuis.

Bel exemplaire.

306. Mapa civil y militar de Espagna y Portugal, por don Alejo Donnet. *Paris*, 1823, 6 feuilles color.

307. Carte des royaumes d'Espagne et de Portugal, dressée pour l'intelligence des opérations des armées françaises et espagnoles dans la campagne de 1823, par L. Vivien, baron de Beaupré, Kardt, Hennequin, etc. *Paris*, 1824, très grande feuille collée sur toile.

308. Carte topographique militaire des Alpes, par J. B. S. Raymond, 12 feuilles et la carte d'assemblage, in-fol. cart.

309. Carte générale de la Turquie d'Europe, en 15 feuilles, dressée sur les matériaux recueillis par le lieutenant-général comte Guilleminot, par Lapie. *Paris*, Picquet, 1822, 15 feuilles (16) color.

310. Recueil de voyages et de mémoires publiés par la société de géographie. *Paris*, 1824, 2 tomes en 3 vol. in-4. br.

311. Journal des voyages, découvertes et navigations modernes, par une société de géogr. publ. par MM. Verneur et Frieville. *Paris*, novembre 1818, 1er no, à août 1827, 106e cahier, 9 années.

Manque les nos 27, 33 et 72.

312. Voyage de la Pérouse autour du monde, rédigé par L. A. Milet-Mureau. *Paris*, 1797, 4 vol. in-4. et atlas d. r.

313. Relation du voyage à la recherche de la Pérouse, par Labillardière. *Paris*, an 8, 2 vol. in-4. et atlas dem. rel.

314. Voyage pittoresque autour du monde, par Louis Choris. *Paris*, Firmin Didot, 1820, 21

livraisons in-fol. pap. vél. fig. color. — Vues et paysages des régions équinoxiales, recueillis dans un voyage autour du monde par L. Choris, complément du voyage précédent. *Paris*, 1826, 6 livraisons in-fol. pap. vél. fig. color.

315. Voyage autour du monde, fait par ordre du roi sur les corvettes l'Uranie et la Physicienne pendant les années 1817 à 1820, par Louis de Freycinet. *Paris*, Pillet aîné, 1826 — 28, 44 livraisons in-fol. et 5 vol. et demi de texte in-4.

Botanique, 12 livr. — Historique, 16 livr. — Zoologie, 16 livr.

316. Voyage autour du monde, exécuté par ordre du roi, sur la corvette la Coquille, pendant les années 1822 à 1825, par L. J. Duperrey. *Paris*, Arthus Bertrand, 1826 — 1827, 24 livr. in-fol.

Hydrographie, in-fol. — Botanique, 7 livr. — Historique, 3 livr. — Zoologie, 14 livr.

317. Voyages pittoresques et romantiques dans l'ancienne France (Normandie et Franche-Comté) par MM. Ch. Nodier, J. Taylor et Alph. de Cailleux. *Paris*, Didot l'aîné, 1820 — 1825, 67 livraisons gr. in-fol. pap. vél.

Normandie, 39 livr. — Franche-Comté, 28 livr.

318. Du même ouvrage, l'Auvergne. *Paris*, 1829, 12 livraisons.

319. Excursion sur les côtes et dans les ports de Normandie. *Paris*, Osterwald, in-fol. pap. vél. fig. d'après Boninghton Luttrings Hausen, color. (37 pl.) cart. n. r.

320. Voyage pittoresque et historique à Lyon et

sur les rives du Rhône et de la Saône, par M. F. M. Fortis, gravé par Piringer d'après les dessins de MM. Wery, Bourgeois. *Paris*, 1821, 5 livraisons gr. in-fol.

321. Voyage pittoresque à la grande Chartreuse de Grenoble, suivi de quelques vues des environs de cette ville, par C. Bourgeois. *Paris*, Delpech, 5 livr. in-fol. fig. (19).

322. Voyage pittoresque dans les Pyrénées françaises et les départements adjacents, par Melling. *Paris*, 11 livrais. in-fol. obl.

322. bis Voyage aux Alpes maritimes, par Fodéré. *Paris*, 1821, 2 vol. in-8. br.

323. Voyage en France et autres pays, en prose et en vers, par les plus célèbres auteurs de la langue française, orné de 36 pl. *Paris*, 1818, 5 vol. in-18, v. r.

324. Voyage en Espagne dans les années 1816 à 1819, ou recherches sur les arrosages, sur les lois et les coutumes qui les régissent, etc. par Jaubert de Passa. *Paris*, 1823, 2 vol. in-8. cartes, cart. n. r.

325. Voyage pittoresque en Espagne, en Portugal et sur les côtes d'Afrique, de Tanger à Tétouan, par J. Taylor. *Paris*, Gide, 1826, 7 livraisons in-4.

326. Voyage pittoresque au nord de l'Italie, par Bruun Neergaard, les dessins par Naudet. *Paris*, Didot, 1816, in-fol. pap. vél. fig. av. la lettre, br.

326 bis. Voyage pittoresque de Naples et de Sicile, par de Saint-Non. *Paris*, 1781-1786, 4 tomes en 5 vol. tr. gr. in-fol. fig. dos de veau.

327. Viaggio pittorico nella Toscana. *Firenze*, 1801-1803, 3 vol. gr. in-fol. fig. dem. rel.

328. Voyage pittoresque en Sicile, dédié à Madame la duchesse de Berri, par J.-F. d'Ostervald. *Paris*, Jules Didot l'aîné, 1822, 24 livr. tr. gr. in-fol. pap. vél.

329. Vues de Moscou dessinées par A. Cadolle, lithogr. par Deroy, avec texte, tr. gr. in-fol.

330. Voyage dans la Russie méridionale, par le chev. Gamba. *Paris*, 1826, 2 vol. in-8. cartes, et atlas in-4. br.

331. Voyage d'un Français en Angleterre pendant les années 1810 et 1811, par Simond. *Paris*, 1816, 2 vol. in-8. fig. b. r. fil.

332. Voyage dans la Grande-Bretagne, entrepris relativement aux services publics de la guerre, de la marine et des ponts-et-chaussées, depuis 1816, par Ch. Dupin. *Paris*, 1824, 6 vol. in-4. et 3 atlas, br.

333. Voyage pittoresque de la Grèce, par Choiseul Gouffier. *Paris*, 1782-1822, 2 vol. en 5 parties. gr. in-fol. fig. cart. n. r.

334. Voyage dans la Grèce, par Pouqueville. *Paris*, 1820, 5 vol. in-8. fig. br.

335. Voyages et recherches dans la Grèce, par le chev. P. O. Bronsted. *Paris*, Jules Renouard, 1826, 1re livraison, gr. in-4. pap. vél. br. en cart.

336. Voyage dans le Levant, par le comte de Forbin. *Paris*, de l'impr. royale, 1819, tr. gr. in fol. pap. vél. fig. non relié.

337. Mémoires relatifs à l'expédition anglaise partie du Bengale, en 1800, pour aller combattre en Egypte l'armée d'Orient, par le comte de Noé. *Paris*, 1826, in-8. fig. (19) color. br.

338. Viaggio nel basso ed alto Egitto, illustrato dietro alle tracce e ai disegni dal sig. Denon. *Firenze*, 1808, 2 vol. gr. in-fol. fig. au bistre, dos de mar. vert.

339. Voyage à l'oasis de Thèbes et dans les déserts situés à l'orient et à l'occident de la Thébaïde, fait pendant les années 1815 à 1818, par Fr. Caillaud, rédigé et publ. par M. Jomard. *Paris*, imp. royale, 1821, une livraison in-fol. de texte, pap. vél. et une livr. tr. gr. in-fol. de planches avant la lettre.

340. Voyage à Méroé, au fleuve Blanc, au-delà de Fâzoql, etc. etc. par Fr. Caillaud. *Paris*, 1826, 4 vol. in-8. pap. vél. fig. color. br.

341. Voyage à Méroé au Fleuve blanc, au-delà de Fâzogl, dans le midi du royaume de Sennâr, à Syoueah et dans les cinq autres oasis; fait dans les années 1819 à 1822, par Fr. Caillaud. *Paris*, Rignoux, 1823. 30 livr. gr. in-fol.

342. Relation d'un voyage dans la Marmarique, la Cyrénaïque et les oasis d'Audjelah et de Maradèh, accomp. de cartes géogr. et topogr. et de planches représentant les monuments de ces contrées, par J.-R. Pacho. *Paris*, Firmin Didot, 1827-1829, 4 parties gr. in-4. pap. vél. et 10 livraisons in-fol. fig. sur pap. de Chine.

343. Atlas historique, généalogique, chronologique et géographique, par Le Sage (Las-Cases), in-fol. 33 feuilles, dos de mout. vert, n. r.

344. Les Fastes universels, ou tableaux chron. et géographiques, par Buret de Longchamps. *Paris*, 1821, gr. in-fol. obl. dem. rel. n. r.

345. Eusebii Pamphili chronicorum canonum libri duo, opus ex Haicano codice a Johanne Zohrabo diligenter repressum et castigatum; Ang.

Maius et Joh. Zobrabus nunc primum cujunctis curis latinitate donatum notisque illustratum, additis græcis reliquiis, ediderunt. — Samuelis presbyteri aniensis temporum usque ad suam ætatem (1179 J.-C.) ratio, e libris historicorum summatim collecta, opus ex Haicanis quinque codicibus a Joh. Zohrabo diligenter descriptum atque emendatum; F. Zohrabus et Ang. Maius ediderunt. *Mediolani*, regiis typis, 1818, gr. in-4. br.

346. Précis de l'histoire, par le marquis de Villeneuve. *Paris*, 1821, in-8. br.

347. Histoire ecclésiastique, par Cl. Fleury. *Paris*, 1724, 36 vol. in-12, v gr.

Manque le 34ᵉ vol.

348. Recherches pour servir à l'histoire de l'Egypte pendant la domination des Grecs et des Romains, par M. Letronne. *Paris*, 1823, in-8. br.

349. Annales des Lagides, ou chronologie des rois grecs d'Egypte successeurs d'Alexandre-le-Grand, par Champollion-Figeac. *Paris*, 1819, 2 vol. in-8. br.

350. Nouvelles recherches sur l'époque de la mort d'Alexandre et sur la chronol. des Ptolémées, ou examen crit. de l'ouvrage de M. Champollion Figeac intitulé Annales des Lagides, par J. S.-Martin. *Paris*, 1820, gr. in-8. pap. vél. cart. n. r.

351. Panthéon égyptien, collection des personnages mythologiques de l'ancienne Egypte, d'après les monumens, avec un texte explicatif, par M.-J.-F. Champollion le jeune, et les fig. d'après les dessins de L.-J.-J. Dubois. *Paris*, 1823-1825, 14 livrais. in-4. fig. color.

352. Description de la Grèce de Pausanias, trad. nouv. avec le texte en regard, collationné sur les mss. de la bibliothèque du roi, par M. Clavier. *Paris*, 1814, avec suppl. 7 vol. in-8. gr. pap. vél. cart. n. r.

353. Histoire d'Hérodote d'Halicarnasse, texte grec, avec notes crit. par J.-B. Gail. *Paris*, 1821, 2 vol. in-8. pap. vél. br.

354. C.-C. Taciti opera. *Parisiis*, C.-L.-F. Panckoucke, 1826, 4 vol. gr. in-fol. pap. vél. cart. n. r.

355. La Germanie, trad. de Tacite par C.-L.-F. Panckoucke, avec un nouv. commentaire. *Paris*, 1824, in-4. fig. sur pap. de Chine et fig. color. v. bleu, fil. t. d. Thouvenin.

356. C. Sallustii opera omnia quæ extant, cum notis varior. *Lugd. Batav.* 1677, in-8. vél.

357. Leonis Diaconi Caloënsis historia, scriptoresque alii ad res byzantinas pertinentes, gr. et lat. e bibliotheca regia nunc primum in lucem edidit, versione latina et notis illustravit Car. Bened. Hase. *Parisiis*, e typogr. regia, 1819, in-fol. br.

358. Histoire de la décadence et de la chute de l'empire romain, trad. de Gibbon par F. Guizot. *Paris*, 1812, 13 vol. in-8. b. r. fil.

359. Annales du moyen âge. *Paris*, Lagier, 1825, 8 vol. in-8. br.

360. Essai sur les invasions maritimes des Normands dans les Gaules, par M. Capefigue. *Paris*, 1823, in-8. br.

361. Histoire des croisades, par M. Michaud. *Paris*, 1819, 5 vol. — Bibliographie des croisades, par M. Michaud. *Paris*, 1832, 2 vol. en tout 7 vol. in-8. dos de mar. r. n. r. — Collec-

tion de portraits lithogr. par Marlet, représentant les principaux personnages des croisades.

362. Annuaires historiques, par Lesur. *Paris*, 1819 et suiv. 4 vol. in-8. br.

1818, 1819, 1821, 1822.

363. Abrégé chronologique de l'histoire de France, par le président Hénault, édit. corrigée et augmentée par C.-A. Walckenaer. *Paris*, 1821, 6 vol. in-8. pap. vél. cart. n. r.

364. Collection complète des mémoires relatifs à l'histoire de France, depuis le règne de Philippe-Auguste jusqu'au commencement du 17ᵉ siècle, avec des notices sur chaque auteur et des observations sur chaque ouvrage, par Petitot. *Paris*, 1819-1826, 52 vol. in-8. br.

365. Collection des mémoires relatifs à l'hist. de France, depuis l'avènement de Henri IV jusqu'à la paix de Paris, conclue en 1763, avec des notices sur chaque auteur et des observations sur chaque ouvrage, par Petitot. *Paris*, Foucault, 1820-1829, 79 vol. in-8. br.

Manque 65 à 77 inclus.

366. Histoire de France pendant les guerres de religion, par Ch. Lacretelle. *Paris*, 1814, 4 vol. in-8. br.

367. La Gaule poétique, ou l'hist. de France considérée dans ses rapports avec la poésie, l'éloquence et les beaux-arts, par de Marchangy. *Paris*, 1819, 8 vol. in-8. b. r.

368. Antiquités nationales, ou recueil de monumens pour servir à l'histoire de France, par A.-L. Millin. *Paris*, 1790, 5 vol. in-4. fig. d. r.

Manque le tome 5.

369. Histoire du sacre et du couronnement des rois et reines de France, par Alex. Le Noble. *Paris*, 1825, in-8. fig. br.

370. Recherches et consid. sur les finances de France, depuis l'année 1595 jusqu'à l'année 1721. *Basle*, 1758, 2 vol. in-4. v. m.

371. Considérations sur la France, par le comte Jos. de Maistre. *Paris*, 1821, in-8. cart. n. r.

372. Le combat des trente Bretons contre trente Anglais, publié d'après le mss. de la bibliothè du roi, par G.-A. Crapelet. *Paris*, 1827, in-8. gr. pap. vél. fig. br. en cart. n. r.

373. Essai critique sur l'histoire de Charles VII, d'Agnès Sorelle et de Jeanne d'Arc, avec portraits et fac simile, par J. Delort. *Paris*, Ferra, 1824, in-8. v. ant. fers à fr. t. d. Doll.

374. Histoire de Jeanne d'Arc, par Le Brun de Charmettes. *Paris*, 1817, 4 vol. in-8. fig. br.

375. Histoire abrégée de la vie et des exploits de Jeanne d'Arc surnommée la Pucelle d'Orleans, suivie d'une notice descriptive du monument érigé à sa mémoire à Domremy, de la chaumière où elle est née, etc. etc. par M. Jollois. *Paris*, 1821, in-fol. non broché, dans un carton.

376. Histoire d'Olivier Clisson, connétable de France, par de la Fontenelle de Vaudoré. *Paris*, 1826, 2 vol. in-8. br.

377. Histoire du roi Henri-le-Grand, par Hardouin de Péréfixe. *Paris*, 1821, in-12, pap. vél. port. mar. r. t. d.

378. Satyre ménippée, nouv. édit. augm. de notes par V. Verger et d'un comment. hist. par Ch. Nodier. *Paris*, 1824, 2 vol. in-8. gr. pap. vél. fig. avant la lettre sur pap. de Chine, br.

379. Histoire du ministère du cardinal de Richelieu, par A. Jay. *Paris*, 1816, 2 vol. in-8. br.

380. OEuvres complètes de Louis de S.-Simon, pour servir à l'histoire des cours de Louis XIV, de la régence, etc. *Strasbourg*, 1791, 13 vol. in-8. cart.

381. Dialogues et vie du duc de Bourgogne, père de Louis XV, par Millot. *Paris*, Petit, 1816, in-8. pap. vél. portrait, mar. r. t. d.

382 Histoire de France pendant le XVIIIe siècle, par Ch. Lacretelle, 4e édit. *Paris*, 1819, 14 vol. in-8. br.

383. Collection des mémoires relatifs à la révolution française, avec des notices sur leurs auteurs et des éclaircissements historiques, par MM. Berville et Barrière. *Paris*, 1822, 58 vol. in-8. br. et 13 livraisons de portraits.

384. Mémoires de mad. de Genlis sur le XVIIIe siècle et la révolution française. *Paris*, 1825, 8 vol. in-8. br.

385. Considérations sur les principaux événements de la révolution française, par mad. de Staël. *Paris*, 1818, 3 vol. in-8. br.

386. Lettres sur l'origine de la chouannerie et sur les chouans du Bas-Maine, par J. Duchemin Descepeaux. *Paris*, 1825, 2 vol. in-8. br.

387. Monuments des victoires et conquêtes des Français de 1792-1815. Recueil de tous les objets d'arts consacrés à célébrer les victoires, décrits par Ch. Dupin, Voïard et Parisot. *Paris*, 1819, 25 livraisons in-4. oblong.

388. Histoire de la campagne de 1814, par Alph. de Beauchamp. *Paris*, 1815, 2 vol. in-8. br.

389. Le sacre de l'empereur Napoléon, le 2 dé-

cembre 1804, avec les gravures d'après les dessins d'Isabey, Percier et Fontaine, gr. in-fol.

390. OEuvres de Napoléon Bonaparte. *Paris*, Pankoucke, 1822, 5 vol. in-8. br.

Manque le tome 4.

391. Histoire de Napoléon, par M. de Norvins. *Paris*, Furne, 1833, 4 vol. in-8. fig. br.

392. Histoire de la guerre d'Espagne en 1823, campagne de Catalogne, par de Marcillac. *Paris*, 1824, in-8. pap. vél. br.

393. Tableaux chronol. et histor. des faits d'armes de l'armée française en Espagne, (1823,) *Paris*, Cordier, in-fol. fig.

394. Lettres vendéennes, ou correspondance de trois amis en 1823, par le vicomte Walsh. *Paris*, 1825, 2 vol. in-8. fig. br.

395. Notice sur l'incendie de la cathédrale de Rouen, par E. H. Langlois. *Rouen*, 1823, gr. in-8. pap. vél. fig. (6), br.

396. Statistique des routes royales de France 1824, in-4. cart.

397. Tableau historique et pittoresque de Paris, depuis les Gaulois jusqu'à nos jours, par J.-B. de S.-Victor. *Paris*, Gosselin, 1822, 4 vol. en 8 parties in-8. et atlas gr. pap. vél. br.

398. Atlas administratif de la ville de Paris, par N. M. Maire. *Paris*, 1821, in-fol. br.

399. Recherches statisques sur la ville de Paris et le département de la Seine. *Paris*, 1821, in-8. cart. n. r.

400. Recherches statistiques sur la ville de Paris et le département de la Seine. *Paris*, 1820 et 1823, 2 vol. in-4. br.

401. Essais historiques sur la ville de Caen et son

arrondissement, par l'abbé de la Rue. *Caen*, 1820, 2 vol. in-8. br.

402. Statistique du département des Bouches-du-Rhône, par le comte de Villeneuve. *Marseille*, 1821, 3 vol. in-4. et atlas in-fol. cart. n. r.

403. Statistique du département de l'Hérault, par Creusé de Lesser. *Montpellier*, 1824, in-4. pap. vél. cartes, dos de mar. r. n. r.

404. Dictionnaire hist. littér. et statistique des départements du Mont-Blanc et du Léman, par J. Grillet. *Chambéry*, 1807, 3 vol. in-8. br.

405. Essai historique sur les états généraux de la province de Languedoc, avec cartes et gravures, par le baron Trouvé. *Paris*, 1818, 2 vol. in-4. br.

406. Essais historiques sur le parlement de Provence, par Prosper Cabasse. *Paris*, 1826, in-8. br.

407. Armorial général de la France. *Paris*, 1821, 2 vol. in-4. cart. n. r.

408. Dictionnaire histor. polit. et géographique de la Suisse. *Genève*, 1788, 3 vol. in-8. d. r.

409. Histoire des Suisses ou Helvétiens, par P. H. Mallet. *Genève*, 1803, 4 vol. in-8. br.

410. Histoire de la république de Venise, par P. Daru. *Paris*, Firmin Didot, 1819, 7 vol. in-8. br.

411. I pregi della Toscana, nell' imprese più segnelate de' cavalieri di Santo-Stefano, opera data in luce da Fulvio Fontana. *Firenze*, 1701, in-fol. fig. vél.

412. Istoria del gran-ducato di Toscana, sotto il governo della casa Medici. *Firenze*, 1781, 5 vol. in-4. fig. br.

413. De l'Allemagne, par Mme de Staël. *Paris*, 1814. 3 vol. in-8. cart.

414. Histoire de l'anarchie de Pologne, par A. Rulhière. *Paris*, 1807, 4 vol. in-12, cart.

415. Histoire de Russie, par P. Ch. Levesque. 4ᵉ édit. revue par Malte-Brun et Depping. *Paris*, 1812, 8 vol. in-8. et atlas. b. r. fil.

416. Tableau histor. géographique, militaire et moral de l'empire de Russie, par Damaze de Raymond. *Paris*, 1812, 2 vol. in-8. fig. br.

417. Histoire de l'empire de Russie, par M. Karamsin, trad. par Saint-Thomas et Jauffret. *Paris*, 1819, 8 vol. in-8. br.

418. Histoire d'Angleterre depuis la première invasion des Romains, par John Lingard. trad. par de Roujoux. *Paris*, 1825, 10 vol. in-8. br.

419. Histoire de la révolution de 1688 en Angleterre, par F. A. J. Mazure. *Paris*, 1825, 3 vol. in-8. br.

420. Histoire de Cromwell, d'après les mémoires du temps et les recueils parlementaires, par M. Villemain. *Paris*, 1819, 2 vol. in-8. br.

421. Vie de Jacques II roi d'Angleterre, par J. S. Clarke, trad. par J. Cohen. *Paris*, 1819, 4 vol. in-8. br.

422. Description de l'Egypte, ou recueil des observations et des recherches qui ont été faites en Egypte pendant l'expédition de l'armée française. *Paris*, impr. impér. et impr. royale, 1809-1830, 9 vol. pet. in-fol. 11 gr. in-fol. et 4 gr.-monde cart. n. r. exempl. pap. vél. fig. color.

422 bis. De la même description, édition de Panckouke, les treize premières livraisons de texte, in-8. pap. vél.

423. Mœurs, institutions et cérémonies des peu-

ples de l'Inde, par l'abbé J. A. Dubois. *Paris*, Merlin, 1825, 2 vol. in-8. br.

424. Mémoires sur l'Indoustan, ou empire mogol, par M. Gentil. *Paris*, Petit, 1822, in-8. fig. et carte, br.

425. Histoire de la Perse, depuis les temps les plus anciens, par sir John Malcolm. *Paris*, 1821, 4 vol. in-8. fig. br.

426. Histoire de la ville de Khotan, tirée des annales de la Chine, et trad. du chinois par Abel Rémusat. *Paris*, 1820, in-8. br.

427. Le Mexique en 1823, par Beulloch. *Paris*, 1824, 2 vol. in-8. et atlas, br.

428. Histoire de la Louisiane, par M. Barbé-Marbois. *Paris*, 1829, in-8. br.

428 bis. Joan. Rosini antiquitatum romanarum corpus absolutissimum, cum notis Dempsteri, accurante Corn. Schrevelio. *Lugd-Batav.* Hack, 1663, in-4. fig. v. br.

429. Examen et explication des zodiaques égyptiens, par l'abbé Halma. *Paris*, Merlin, 1822, 3 vol. in-8. fig. br.

430. Recherches sur le culte de Bacchus en Grèce, et sur l'origine de la diversité de ses rites, par J. F. Gail. *Paris*, 1821, in-8. br.

431. Antiquités de la ville de Saintes, et du département de la Charente-Inférieure, par Chaudruc-de-Crazamces. *Paris*, 1820, in-4. fig. b. r. fil.

432. Mosaïques de Lyon et des départements méridionaux de la France, accomp. d'explications et publ. par F. Artaud. *Paris*, P. Didot l'aîné, 1818, 12 livr. tr. gr. in-fol. fig. color. complet.

433. Les ruines de Pompei, dessinées et mesurées par F. Mazois, pendant les années 1809 à

1821. *Paris*, Firm. Didot, 1822-1829, 29 livr. gr. in-fol. pap. fin.

434. Antiquités grecques du bosphore Cimmerien, par Raoul-Rochette. *Paris*, 1822, in-8. br.

435. Antiquités de la Nubie, ou monuments inédits des bords du Nil, situés entre la première et la seconde cataracte, dessinés et mesurés en 1819 par F. C. Gau. *Paris*, Debure, 13 livraisons tr. gr. in-fol. complet.

436. Musée de sculpture antique et moderne, par le comte de Clarac. *Paris*, de l'impr. royale, 1826-1828, 4 livr. in-4. pap. vél.

437. Introduction à l'étude des vases antiques d'argile peints, vulgairement appelés étrusques, accompagnée d'une collection des plus belles formes ornées de leurs peintures, suivie de planches, la plupart inédites, pour servir de supplément aux différents recueils de ces monuments, par Dubois Maisonneuve. *Paris*, P. Didot l'aîné, 1817, 15 livraisons tr. gr. in-fol. pap. vél.

438. Numismatique du Voyage du jeune Anacharsis, ou médailles des beaux temps de la Grèce, publ. par Landon, accomp. de descriptions par T. M. Dumersan. *Paris*, 1818, 2 vol. in-8. fig. br.

439. Iconographie grecque et romaine, ou recueil des portraits authentiques des empereurs et rois, et des hommes illustres de l'antiquité, par E. Q. Visconti. *Paris*, 1808, 6 vol. gr in-fol. pap. vél. dos de mar. r. n. r.

440. Histoire littéraire d'Italie, par P. L. Ginguené. *Paris*, 1811, 6 vol. in-8. br.

441. Essai historique sur l'école d'Alexandrie et coup-d'œil sur la littérature grecque, par Jac. Matter. *Paris*, 1820, 2 vol. in-8. br.

442. Atlas histor. et chron. des littératures anciennes et modernes, des sciences et des beaux-arts, d'après la méthode et le plan de l'atlas de Lesage, par A. Jarry de Mancy. *Paris*, Jules Renouard, 10 livraisons gr. in-fol.

443. Mémoires sur l'ancienne chevalerie, par Lacurne de Sainte-Palaye, avec une introduction et des notes historiques par Ch. Nodier. *Paris*, 1826, 2 vol. in-8. fig. color. br

444. Annales de l'imprimerie des Alde, ou histoire des trois Manuce et de leurs éditions, par Ant. Aug. Renouard. *Paris*, 1825, 3 vol. in-8. br.

445. Dictionnaire des ouvrages anonymes et pseudonymes, par Barbier. *Paris*, 1822, 4 vol. in-8. br.

446. Catalogue des livres, mss., etc. composant la bibliothèque de Lyon, par Ant. F. Delandine. *Paris*, 1812, 8 vol. in-8. br.

447. Manuel de l'amateur d'estampes, par F. E. Joubert. *Paris*, 1821, 3 tomes en 4 parties, in-8. br.

448. Vies des hommes illustres de Plutarque, trad. en grec par D. Ricard, ornées de cartes, de bas-reliefs et de portraits d'après l'antique. *Paris*, Aug. Dubois, 7 livraisons in-4. pap. vél.

449. Biographie universelle, ancienne et moderne, par une société de gens de lettres. *Paris*, Michaud, 1811 - 1828, 52 vol. in-8. gr. pap. vél. portr. cart. n. r.

450. De la même biographie, les 10 premiers vol. in-8. br.

451. Biographie des hommes vivans, par une société de gens de lettres. *Paris*, Michaud, 1816, 5 vol. in-8. br.

452. Della patria di Christoforo Colombo dissertazione, ristampata con giunte, documenti, lettere diverse, ed una dissertazione epistolare intorno all' autor del libro De imitatione Christi. *Firenze*, 1808, in-8. portr. cart. n. r.

453. Vita di Lorenzo de' Medici del dottore Guglielmo Roscoe. *Pisa*, 1809, 4 vol. in-8. b. gr. fil.

454. Histoire de la vie et des ouvrages de Raphael, par Quatremère de Quincy. *Paris*, Gosselin, 1824, in-8. portr. br.

455. Recueil des éloges historiques, par Cuvier. *Paris*, 1819, 2 vol. in-8. br.

456. Eloges lus aux séances de l'acad. de médecine, suivis de l'hist. médicale de la fièvre jaune, par M. Pariset. *Paris*, 1826, in-8. br.

457. Essais de mémoires, ou lettres sur la vie, le caractère et les écrits de J. F. Ducis, par M. Campenon. *Paris*, 1824, in-8. portr. br.

458. Histoire de la vie et des ouvrages de P. F. Percy, par C. Laurent. *Versailles*, 1827, in-8. v. ant. fil.

459. Isographie des hommes célèbres, ou collection de fac-simile, de lettres autographes et de signatures. *Paris*, 30 livraisons gr. in-4.

460. OEuvres complètes de Brantôme, aug. de plusieurs fragments inédits. *Paris*, Foucault, 1824, 8 vol. in-8. br.

SUPPLÉMENT.

461. Les Figures de la Bible, par G. Hoet. *La Haye*, Pierre de Hondt, 1728, in-fol. (214 pl.)

462. Heures. In-8. mar. vert, t. d.

Mss. du 12e siècle, sur peau de vélin, orné de 6 grandes et 25 petites miniatures et de lettres initiales en or et en couleur avec des encadrements très beaux.

463. Office de la Vierge. In-8. v. br.

Mss. du 13e siècle, sur peau de vélin, avec encadrements et lettres initiales en or et en couleur, orné de 15 grandes miniatures et de 37 petites.

464. Heures à l'usaige de Rome, tout au long sans rien requerir, auec la destruction de Jérusalem et les figures de la vie de l'homme et plusieurs autres belles figures. *Imp. à Paris*, par Gillet Hardouyn, gr. in-8. gothique sur peau de vélin, avec encadrement et miniatures en or et en couleur, vélin vert.

465. Le Songe du Vergier, lequel parle de la disputacion du clerc et du cheualier. Jehan Petit, (1530,) in-fol. goth. à deux colonnes, v. m.

466. Les Provinciales, trad. en latin par Guill. Wendrock, en espagnol par Gratien Cordero, et en italien par Cosimo Brunetti. *Cologne*, 1784, in-8. mar. r. t. d.

467. Repertoire universel et raisonné de jurisprudence civile, criminelle, canonique et bénéficiale, par Guyot. *Paris*, 1775-1783, 64 vol. in-8. d. r.

468. Commentaire sur les coutumes du Maine et d'Anjou, par L. O. de S. Vast. *Alençon*, 1777, 4 vol. in-8. v. m.

469. OEuvres de d'Aguesseau. *Paris*, 1759, 13 vol. in-4. v. m. fil. aux armes.

470. Encyclopédie ou Dictionnaire raisonné des sciences et des arts, par Diderot et d'Alembert. *Paris*, 1756, 35 vol. in-fol. v. m.

471. La Science des personnes de cour, d'épée et de robe, par de Chevigni, de Limiers et P. Massuet. *Amsterdam*, 1752, 18 vol. in-12, fig. v. m.

472. Lucien, de la trad. de N. Perrot d'Ablancourt. *Paris*, 1707, 3 vol. in-12, v. f. fil.

473. Lucien, de la trad. de N. Perrot d'Ablancourt. *Amsterdam*, 1709, 2 vol. in-12, fig. vél.

474. Système de la nature, ou des lois du monde physique et du monde moral, par d'Holbac. *Londres*, 1770, 2 vol. in-8. v. f. fil. t. d.

475. Collection des moralistes anciens. *Paris*, Didot l'aîné, 1782, 16 vol. in-18, pap. vél. et pap. fin, mar. r. tabis, t. d.

476. Dialogue de la vie et de la mort, composé en toscan par maistre Innocent Kinghienc, nouvellement trad. en français par Jean Louneau. *A Lyon*, de l'imp. de Robert Granfon, 1557, in-8. gothique, v. m.

Peu commun.

477. Œuvres d'Hippol. de Livry. *Paris*, 1808, 2 vol. in-8. cart. n. r.

478. Histoire critique de l'âme des bêtes, par M. Guer. *Amsterd.* Fr. Changuion, 1749, 2 vol. pap. de Holl. mar. r. riche dent. t. d.

479. Cours d'études pour l'instruction du prince de Parme, par Condillac. 13 vol. in-8. v. m. fil.

480. Aureum et singulare opus Joannis de terra rubea. *Lugduni*, 1526, pet. in-fol. goth. vél.

Contient 3 traités : Le droit du Dauphin au trône; le 2e, A qui appartient le trône si le roi devient fou, ou s'il y a d'autres empêchements ? le 3e, En quel cas les sujets sont rebelles. Livre curieux et rare.

481. L'homme de cour, par Balthazar Gracian, par Amelot de la Houssaie. *Paris*, 1684, in-4. gr. pap. lav. réglé, mar. r. t. d. Deseuil.

482. Des colonies agricoles et de leurs avantages, par Huerne de Pommeuse. *Paris*, 1832, in-8. dos de veau, n. r.

483. Traité général de commerce, par Sam. Ricard. *Paris*, an VII, 3 vol. in-4. b. m.

484. Dictionnaire d'histoire naturelle, par Valmont de Bomare. *Paris*, 1775, 9 vol. in-8. v. m.

485. Études de la nature, par Jacq. Henri Bernardin de Saint Pierre. *Paris*, 1784, 5 vol. in-12, fig. v. r.

486. Histoire naturelle, par Buffon, Daubenton, etc. édit. formant un cours complet d'histoire naturelle, rédigé par C. S. Sonnini. *Paris*, an VIII, 127 vol. in-8. fig. v. r. fil.

487. OEuvres de Franklin, trad. par Barbeu-Dubourg. *Paris*, 1773, 2 vol. in-4. v. f. fil. t. d.

488. Traité des arbres fruitiers, par Duhamel du Monceau. *Paris*, 1768, 2 vol. in-fol. fig. v. éc. fil. t. d.

489. Des figures des plantes et animaux d'usage en médecine, décrits dans la Matière médicale de Geoffroy, dessinés par de Garsault. 5 vol. in-8. fig. (729), v. m.

490. L'Aurelien, ou histoire naturelle des chenilles, chrysalides, phalènes et papillons anglais, avec les plantes dont ils se nourrissent, etc. par Moïse Harris. *Londres*, J. Edwards, 1794, in-fol. pap. vél. fig. color. mar. r. t. d. rel. anglaise.

491. Histoire naturelle des oiseaux de paradis et des rolliers, suivie de celle des toucans et des barbus, par Fr. Levaillant. *Paris*, 1806, 2 vol.

et 3 premières livr. du tome 3, tr. gr. in-fol. pap. vél. fig. color. dos de mar. r. à nerfs, n. r.

492. Histoire naturelle des perroquets, par Fr. Levaillant. *Paris*, Levrault, 1804, 2 vol. gr. in-4. pap. vél. fig. color. dos de mar. r. n. r.

493. Cinq liures de l'imposture et tromperie des diables, des enchantemens et sorcelleries, pris du latin de Jean Wier, médecin du duc de Cleves, et faits françois par Jacques Grévin. *Paris*, Jacques du Puys, 1569, in-8. v. m.

Le titre est refait à la main et d'une exécution parfaite.

494. L'art de connaître les hommes par la physionomie, par Gaspard Lavater; édit. augm. corrigée par Moreau, ornée de 500 grav. *Paris*, 1806, 10 vol. in-4. pap. vél. dos de mar. r. n. r.

495. Galerie du Palais-Royal, avec une descript. par l'abbé de Fontenai. *Paris*, Couché, 1786, 3 vol. tr. gr. in-fol. dos de mar. r. à nerfs. n. r.

496. Annales du musée, par Landon : Salons de 1808, 2 vol. — 1810, 1 vol. — 1812, 2 vol. — 1814, 1 vol. — 1817, 1 vol. 7 vol. in-8. cart. n. r.

497. Galerie du musée Napoléon, publ. par Filhol et rédigée par Jos. Lavallée. *Paris*, 1804, 10 vol. tr. gr. in-8. dos de mar. r. n. r.

Bel exempl.

498. Galerie de Rubens, dite du Luxembourg, œuvre composé de 25 estampes, avec l'explication histor. et allégorique de chaque sujet. *Paris*, Crapelet, 1809, tr. gr. in-fol. pap. vél. cart. n. r.

499. Tableaux, statues, bas-reliefs et camées de

la galerie de Florence et du palais Pitti ; dessinés par Wicar, avec les explications par Mongez. *Paris*, Lacombe, 1789, 2 vol. tr. gr. in-fol. dos de mar. à nerfs, n. r.

500. Le muséum de Florence, ou collection des pierres gravées du grand-duc de Toscane, dessiné et gravé par David. *Paris*, 1787, 4 vol. in-4. fig. dos de mar. r. n. r.

501. Dictionnaire de l'académie. *Paris*, 1772, 2 vol. in-4. v. m.

502. Dictionnaire comique, satyrique, critique, burlesque, libre et proverbial, par Leroux. *Amsterd.* 1787, 2 vol. in-8. v. éc. fil.

503. OEuvres complètes de Démosthène et d'Eschine, trad. par Auger. *Angers*, 1804, 6 vol. in-8. b. r.

504. M. T. Ciceronis opera, recensuit J. N. Lallemand. *Parisiis*, Barbou, 1768, 14 vol. in-12, v. éc. fil. t. d.

505. Les oraisons de Cicéron, trad. avec des remarques par de Villefore. *Paris*, 1732, 8 vol. in-12, mar. vert, t. d. aux armes de Mesdames.

506. Les OEuvres d'Homère, de la version de Salomon Certon. *Paris*, Nic. Hameau, 1615, 2 tomes en 3 vol. in-8. mar. v. t. d.

507. OEuvres d'Homère, avec des remarques par Bitaubé. *Paris*, Didot l'aîné, 1788, 12 vol. in-18, pap. vél. fig. mar. citr. t. d.

508. Les métamorphoses d'Ovide, en latin et en français, avec des remarques par l'abbé Banier. *Amsterd.* Wetstein, 1732, 2 vol. en 1 gr. in-fol. pap. de Holl. fig. de Bernard Picart, v. f. fil. t. d.

509. Leçons françaises de littérature et de morale, par Noël et Delaplace. *Paris*, 1811, 2 vol. in-8. v. r. fil.

510. Anthologie françoise, ou rencontres sur diuers sujetz esquelz sont comprises plusieurs belles, rares et doctes instructions pour la conduitte et fin de l'humaine vie. Le tout extrait des meilleurs liures grecs, latins et françois, par J. Poulain Dunoisien. *Mourir pour vivre. Paris*, Fr. Huby, 1614, in-8. v. f. à compartim.

511. Le plaisant jeu du dodechedron de fortune, non moins récréatif que subtil et ingénieux, renouvellé et changé de la première édition. *A Lyon*, 1574, in-8. vélin.

512. OEuvres de maistre Alain Chartier, revues, corrigées par André du Chesne. *Paris*, 1617, in 4. v. gr. fil. t. d.

513. Imagination poétique, traduicte en vers françois des latins et grecz par l'auteur mesme d'iceux. *Lyon*, Macé Bonhomme, 1552, pet. in-8. fig. en bois, mar. vert, t. d. Derome.

514. OEuvres de Boileau Despréaux, avec des éclaircissements par de S.-Marc. *Paris*, 1772, 5 vol. in-8. gr. pap. fig. mar. r. t. d.

515. OEuvres de Boileau Despréaux, impr. par ordre du roi pour l'éducation du Dauphin. *Paris*, Didot l'aîné, 1789, 2 vol. gr. in-4. pap. vél. mar. bleu, dent. dos à mosaïque et à mille points, tabis, t. d. Bozerian.

516. OEuvres diverses de J. B. Rousseau. *Amsterd.* Fr. Changuion, 1726, 3 vol. in-12, mar. bleu, t. d.

517. Contes et nouvelles en vers par de La Fontaine. *Amsterd.* 1762, 2 vol. in-8. fig. d'Eisen, mar. v. dent. tabis, t. d.

Edition dite des Fermiers-généraux, très bel exempl.

518. Contes et nouvelles en vers par de La Fon-

taine. *Amsterd.*, 1764, 2 vol. in-8. fig. d'Eisen, color. mar. vert, riche dent. tabis, t. d.

519. OEuvres de Delille. *Paris*, Michaud, 1805, 17 vol. gr. in-4. pap. vél. fig. dos de mar. r. n. r.

520. OEuvres choisies d'Ant. P. Aug. de Piis. *Paris*, 1810, 4 vol. in-8. pap. vél. v. r. fil. t. d.

521. Le divin Arioste, ou Roland le furieux, trad. en franç. par F. de Rosset. *Paris*, An. de Sommaville et An. Courbé, 1644, in-4. fig. v. f. fil. t. d.

522. Théâtre des Grecs, par le P. Brumoy. *Paris*, 1785, 13 vol. in-8. pap. vél. fig. v. r. fil.

523. Les Comédies de Térence, avec la trad. et les remarques de Mad. Dacier. *Rotterd.*, 1717, 3 vol. pet. in-8. fig. v. m.

524. Le Théâtre de P. et de Th. Corneille. *Amsterd.*, Zacharie Chatelain, 11 vol. pet. in-12, fig. mar. r. t. d.

525. OEuvres de Molière. *Amsterd.*, Herm. Uytwerf, 1735, 4 vol. pet. in-12, fig. v. f. fil.

526. OEuvres de J. Racine, avec comment. par Luneau de Boisjermain. *Paris*, 1796, 7 vol. in-8. pap. vél. fig. v. r. fil. t. d.

527. OEuvres de Nivelle de la Chaussée. *Paris*, Prault, 1762, 5 vol. in-18, pap. de Holl. mar. r. t. d. aux armes.

528. Théâtre de M. J. de Chénier. *Paris*, 1818, 3 vol. in-8. b. r.

529. OEuvres de J.-F. Ducis. *Paris*, 1813, 3 vol. in-8. v. f. à compartim. t. d. Doll.

530. Lettres à Emilie sur la mythologie par C. A. Demoustier. *Paris*, Renouard, 1809, 3 vol. in-12, fig. de Moreau, dos de mar. r. plats de pap. mar. dent. t. d.

531. Le Temple des Muses, orné de 60 tableaux

dessinés par Bern. Picart, accomp. d'explications. *Amsterd.* 1749, in-fol. gr. pap. v. éc. fil.

532. Les morts ressuscitez, nouv. galante et véritable. A la Sph., *Cologne*, P. Marteau, 1712, pet. in-12, v. m.

533. La Fable de Psyché, fig. de Raphaël. *Paris*, H. Didot, 1802, gr. in-4. pap. vél. dos de mar. vert, n. r.

534. Les aventures de Télémaque, par Fénélon. *Paris*, de l'imp. de Monsieur, 1785, 2 vol. gr. in-4. pap. vél. fig. d'après Monnet, par Tilliard, v. porph. fil. t. d.

535. Florigenie, ou l'illustre victorieuse, par de la Motte du Brocart. *Paris*, 1647, in-8. mar. vert, t. d.

Une note en tête du livre indique que ce livre n'est pas un roman, mais que ce sont des détails historiques un peu ornés, et que Florigenie n'est autre que Mad. Marguérite, duchesse de Rohan.

536. Tarsis et Zélie. *Paris*, Musier, 1774, 3 tomes en 6 vol. in-8. fig. de Cochin, v. éc. fil.

537. Amélie, voyage à Aix-les-Bains et aux environs, par M. le comte de Fortis. *Turin* et *Lyon*, 1829, 2 vol. in-8. br.

538. Le tableau des riches inventions couvertes du voile des feintes amoureuses qui sont représentées dans le Songe de Poliphile, par Beroalde. *Paris*, Guillemot, 1600, in-4. fig. en bois, v. f. fil. t. d.

539. Histoire de l'admirable Don Quichotte de la Manche, trad. de Cervantes. *Amst.* Arkstée et Merkus, 1768, 6 vol. fig. de Coypel. — Nouvelles de Cervantes. *Amsterd.* Arkstée et Merkus, 1768, 2 vol. en tout 8 vol. in-12, fig. v. m. fil. t. d.

540. Le faut mourir et les excuses inutiles qu'on apporte à cette nécessité, le tout en vers burlesques, par Jacques Jacques. *Lyon*, Ch. Mathevet, 1664, pet. in-12, mar. r. t. d.

541. Le fort inexpugnable de l'honneur du sexe féminin, construit par Françoys de Billon, secrétaire. *Paris*, 1555, in-4. v. f. fil. t. d.

542. Les controverses des sexes masculin et féminin, (par Gratien Dupont.) *Tholose*, Maistre Jacques, 1534, in-fol. goth. fig. en bois, v. m.

Les feuillets 123 et 124 sont Mss. imitant parfaitement les deux feuillets qui manquaient.

543. Recueil de plaisanteries et facéties. In-12, br.

L'homme inconnu, ou les équivoques de la langue, dédié à Bacha Bilboquet. Paris, Quillau, 1713, 30 p. — Discours et entretiens bachiques, Bouquet en vers, Sentiments sur l'origine du poisson d'avril, 12 feuillets. — La terrible et merveilleuse vie de Robert le Diable. A Rouen, chez Jean-B. Besogne, 46 p., manque le dernier feuillet. — Maximes politiques mises en vers par l'abbé Esprit. Paris, 1669. — Catéchisme des Normands, composé par L. M. *** Parisien, 12 p. — Alphabet de la fée Gratieuse, à l'usage de ses élèves. A Fatopoli, 1734, 29 p. — Le Nain, 1762, 60 p. — Plainte du Diable boiteux et du Diable d'argent, par M. A. D. S. Paris, 1707, 46 p.

544. Procez et amples examinations sur la vie de Caresme-prenant. *Paris*, 1605. — Traicte de mariage entre Julian Peoger, dit Janicot, et Jacqueline Papinet, sa future épouse. *Lyon*, 1611. — La copie d'un bail à ferme faicte par une jeune dame de son c.. pour six ans. *Paris*, 1609. — La raison pourquoi les femmes ne portent barbe au menton aussi bien qu'à la penillière, etc. *Paris*, 1601. — La source du gros fessier des nourrices et la raison pourquoi elles

sont si fendues entre les jambes, avec la complainte de Monsieur le cul, contre les inventeurs des vertugalles. Impr. pour Yves Bomont. — Sermon joyeux d'un dépucelleur de nourrices. — La source et origine des c... sauvages, etc. *Lyon*, 1610. — La grande et véritable pronostication des c... sauvages, avec la manière de les apprivoiser, etc. — In-12, v. f. fil. t. d. Derome.

Légère mouillure, édit. non renouvelée.

545. Histoire maccaronique de Merlin Coccaie, prototype de Rabelais. *Paris*, 1606, 2 vol. in-18. b. m.

546. Les Etrennes de la S.-Jean. *Troyes*, chez la veuve Oudon, 1742, in-12, v. f. fil. t. d.

547. Emblemata Florentii Schoonhovii J. C. Goudani, partim moralia, partim etiam civilia. *Amstel*, 1648, in-4. fig. v. br.

548. Théâtre du monde, contenant divers excellents tableaux de la vie humaine, représentés en histoires poétiques, morales et saintes, qui monstrent à l'homme le vray chemin pour parvenir à la couronne d'honneur, mis en vers par Simon Goulart. *Amst.* David de Wesel, 1657, pet. in-8. fig. v. f.

549. La Morosophie de Guill. de la Perrière, Tolosain, contenant cent emblèmes moraux, illustrez de cent tetrastiques latins, réduitz en autant de quatrains françoys. *Lyon*, par Macé Bonhomme, 1553, in-8. fig. en bois, d. r.

550. Perroniana et Thuana, editio secunda. *Coloniæ Agrippinæ*, apud Gerbrandum Scagen, 1669, pet. in-12, mar. r. t. d. exemplaire Colbert.

551. OEuvres de Plutarque, trad. par Amyot. *Paris*, Vascosan, 1575, 2 vol. in-fol. v. m.

552. OEuvres de Plutarque, trad. du grec par Amyot, avec des notes et des observations par MM. Brotier et Vauvilliers. *Paris*, 1801, 25 vol. in-8. fig. v. r. fil.

553. OEuvres de Rabelais, édition variorum. *Paris*, 1823, 9 vol. in-8. fig. br.

554. OEuvres de Scarron. *Amsterd.* Wetstein, 1752, 7 vol. in-18, mar. r. t. d. Derome.

555. OEuvres complètes de Montesquieu. *Paris*, P. Didot l'aîné, 1795, 12 vol. in-18, gr. pap. vél. v. f. fil. t. d. Bozerian jeune.

556. OEuvres de Fontenelle. *Paris*, 1767, 11 vol. in-12, v. éc. fil.

557. OEuvres de Voltaire, édition encadrée, 1775, 40 vol. in-8. fig. v. éc. fil.

558. OEuvres complètes de Voltaire, de la société typogr. (*Kehl*,) 1785, 70 vol. in-8. pap. à l'étoile, fig. v. r. fil. t. d.

559. OEuvres de J. J. Rousseau. *Genève*, 1782, 17 vol. in-4. v. f. fil. t. d.

560. OEuvres de Florian. *Paris*, an IX, 22 vol. in-18, pap. vél, doubles figures noires et color. mar. r. t. d.

561. OEuvres de M. J. et André Chénier. *Paris*, 1823, 10 vol. in-8. br.

562. C. Plinii secundi epistolarum libri X, ejusdem Panegyricus Trajano principi dictus, ejusdem de viris illustr. *In Parisiis*, ex officina Rob. Stephani, 1529, in-8. mar. r. t. d.

563. Voyage de La Pérouse autour du monde, rédigé par Milet-Mureau. *Paris*, 1797, 4 vol. in-4. et atlas, dos de mar. vert, n. r.

564. Voyage pittoresque, ou description des royau-

mes de Naples et de Sicile, (par de S.-Non.) *Paris*, 1781, 4 tomes en 5 vol. gr. in-fol. fig. v. r. dent. t. d.

565. Description géographique et histor. de la Morée, par le P. Corouelli. *Paris*, Cl. Barbin, 1686, 2 parties en 1 vol. in-8. fig. v. br.

566. Voyages dans les gouvernements méridionaux de la Russie, dans les années 1793 et 1794, par Pallas, trad. par Delaboulaye. *Paris*, 1805, 2 vol. in-4. pap. vél. fig. (25), et un atlas de 35 pl. dos de mar. vert, n. r.

567. Relation des voyages en Tartarie de Fr. Guil. de Rubruquis, Fr. J. du Plan Carpin, Fr. Ascelin, et autres religieux de S. François et S. Domin., qui y furent envoyez par le pape Innocent IV et le roy S.-Louys. Plus un Traité des Tartares, recueilli par P. Bergeron. *Paris*, 1634, in-8. vél.

568. Voyages de Chardin en Perse et autres lieux de l'Orient. *Amst.* 1735, 4 vol. in-4. fig. v. f. fil.

Magnifique exempl.

569. Histoire des hommes, ou Hist. nouv. de tous les peuples du monde. *Paris*, 1783, 51 vol. in-12, v. m.

570. Commentaires de l'estat de la religion et république sous les rois Henri (2) et François second, et Charles Neufième, (par de la Place.) 1565, in-8. mar. r. t. d.

571. Conjectures politiques sur le conclave de 1700 et sur ce qui s'est passé à Rome pendant la maladie et après la mort du pape Innocent 12. A la sphère, 1700. — Dialogisme charitable sur la conduite de plusieurs abbés réguliers, etc. 1701, in-12. v. f.

572. Histoire ancienne, par Rollin. *Paris*, 1788, 14 vol. in-12, b. gr.

573. Voyage d'Anacharsis en Grèce, par Barthélemy. *Paris*, Didot, an VII, 7 vol. in-8. et atlas, v. r. fil. t. d.

574. Histoire romaine, par Rollin. *Paris*, 1788, 16 vol. in-12, b. m.

575. Ephémérides politiques, littéraires et religieuses, par Noël. *Paris*, 1803, 12 parties en 6 vol. in-8. v. r. fil.

576. Galerie française, ou portraits des hommes et des femmes célèbres qui ont paru en France, gravés sous la conduite de Restout. *Paris*, 1771 in-fol. 2 vol. en 1, (40 portr.) v. f.

577. Portraits des grands hommes, femmes illustres, et sujets mémorables de France, gravés et impr. en couleurs. *Paris*, Blin, 2 vol. gr. in-4. dos de mar. vert, n. r.

578. Abrégé chronologique de l'histoire de France, par Fr. de Mezeray. *Amsterd.* Henri Schelle, 1696-1701, 6 vol. in-12, v. f. fil.

579. Histoire de France, par Velly, Villaret et Garnier. *Paris*, 1775, 33 vol. in-12, v. m.

580. Histoire de France, représentée par fig. par David. *Paris*, 1788, 4 vol. in-4. pap. vél. dos de mar. r. n. r.

581. La Gaule poétique, par de Marchangy. *Paris*, 1819, 8 vol. in-8. b. r.

582. L'Histoire des histoires, avec l'idée de l'histoire accomplie; plus, le Dessein de l'hist. nouvelle des François, et pour avant-jeu, la Refutation de la descente des fugitifs de Troye, aux Palus Meotides, Italie, Germanie, Gaule et autres pays, pour y dresser les plus beaux estats qui soient en Europe, et entre autres le

royaume des François; par de la Popelinière. *Paris*, Jean Houzé, 1599, 2 part. en 1 vol. in-8. vél. t. d.

583. Histoire de France pendant les guerres de religion, par Lacretelle. *Paris*, 1816, 4 vol. in-8. bas. rac.

584. Histoire de la ville de Paris, par Félibien, revue par D. Guy-Alexis Lobineau. *Paris*, 1725, 5 vol. in-fol. fig. v. gr.

585. Histoire physique, civile et morale de Paris, par Dulaure. *Paris*, 1823, 10 vol. in-8. fig. et atlas, dos de v.

586. Histoire physique, civile et morale des environs de Paris, par Dulaure. *Paris*, 1828, 13 liv. in-8. fig. br.

587. Mémoires historiques et secrets concernant les amours des rois de France, avec quelques autres pièces dont on verra les titres en la page suivante. *Paris*, vis-à-vis le Cheval de bronze, 1739, pet. in-12, mar. r. t. d.

588. L'Inquisition française, ou l'Histoire de la Bastille, par Constantin de Renneville. *Amst.* 1724, 5 vol. in-12, fig. mar. r. t. d.

589. Le politique très chrestien; ou discours politiques sur les actions du cardinal duc de Richelieu. A la Sphère, *Paris*, 1645, pet. in-12, vél.

590. Satyre menippée de la vertu du catholicon d'Espagne et de la tenue des estatz de Paris. 1593, in-8. monté sur format in-4. fig. v. br.

Exempl. chargé de notes mss., explication du texte, d'une très belle écriture du 17e siècle, et d'une table mss. alphabétique.

591. Chronologie septenaire de l'histoire de la paix entre la France et l'Espagne, sous le règne de Henri IV. *Paris*, 1605, in-8. v. f. fil. t. d.

592. Chronologie novenaire, contenant l'histoire de la guerre sous le règne de Henri IV. *Paris*, J. Richer, 1608, 3 vol. in-8. v. f. fil. t. d.

593. Histoire des choses mémorables avenues en France depuis l'an 1547 jusques au commencement de 1597, (par Jean de Serres) 1599, in-8. v. m. fil.

594. Philippiques (3) contre les bulles et autres pratiques de la faction d'Espagne, pour très chrestien Henry le Grand. *Tours*, 1611, in-8. mout. vert, t. d.

595. Moyens d'abus, entreprises et nullitez, du rescrit et bulle du Pape Sixte V, en date du mois de septembre 1585, contre Henri de Bourbon, roy de Navarre, (Henri IV,) par un catholique. *A Cologne*, de l'impr. d'Herman Jobin, 1586, in-8. mar. r. t. d.

596. Les amours de Henri IV, roy de France, avec ses lettres galantes et les réponses de ses maîtresses. *Cologne*, chez ***, 1695, in-12, pap. fin, fig. mar. r. t. d.

597. Mémoires de Sully. *Londres*, 1745, 3 vol. in-4. portr. d'Odieuvre, v. m.

598. Mémoires de Sully. *Londres*, 1778, 8 vol. in-12, v. m.

599. Recueil de 439 pièces, toutes intéressantes et rares, sur l'histoire de France. Impr. de 1649-1652.

Le Courrier français et suite; Courrier burlesque; Nocturne enlèvement du roy, avec portrait; Mazarinades; Sur Beaufort le Prince de Condé; 24 pièces des Maltotiers; 60 pièces en vers, dont le Festin des mouchards, en vers burlesques; l'Onophage, ou le Mangeur d'ane; la Belle gueuse; la Vieille Amoureuse, l'Enfer burlesque. — Gazette du temps, en vers burlesques, la Mercuriade et autres Mercures, etc.

600. Les soupirs de la France esclave, qui aspire après la liberté. 1689, in-4. mar. r. t. d.
601. Histoire de Maurice comte de Saxe, par le Baron d'Espagnac. *Paris*, 1773, 2 vol. in-12, pap. de Holl. mar. v. t. d.
602. Mémoires du marquis de Feuquières. *Londres*, 1740, avec cartes et plans in-4. mar. r. t. d. aux armes.
603. Histoire génér. et impartiale des erreurs et des crimes commis pendant la révolution française. *Paris*, (Prudhomme.) an V, 6 vol. in-8. fig. cart. n. r.
604. Procès de Georges, Pichegru et autres. *Paris*, Patris, 1804, 6 vol. in-8. d. r.
605. Napoléon en exil à Sainte-Hélène, par Barry, E. O'Meara. *Paris*, 1822, 2 vol. en 1 in-8. b. m.
606. Histoire d'Angleterre par Hume. *Paris*, 1783, 6 vol. gr. in-4. portraits, v. f. fil.
607. Histoire d'Angleterre représentée par figures gravée par F. A. David, accompagnées de discours par Guyot. *Paris*, 1784, 2 vol. in-4. fig. dos de mar. r. n. r.
608. Histoire de Charles XII, trad. de J. A. Nordberg. *La Haye*, 1748, 3 vol. in 4. v. éc. fil.
609. Histoire de la guerre de Chypre, par Ant. Maria Gratiani, trad. du latin par Le Peletier. *Paris*, 1685, in-4. gr. pap. fig. mar. r. t. d.
610. Histoire philosophique et politique des établissements et du commerce des Européens dans les Deux-Indes, par Raynal. *Genève*, 1780, 4 vol. in-4. et atlas, pap. fin, v. f. fil.
611. Antiquités étrusques, grecques et romaines, gravées par David, avec les explications par

d'Hancarville. *Paris*, 1787, 5 vol. in-4. fig. dos de mar. r. n. r.

612. Antiquités d'Herculanum, gravées par F. A. David, avec leurs explications, par Sylvain Maréchal. *Paris*, 1780, 9 vol. in-4. dos de mar. r. n. r.

Manque tome 6.

613. Numismatique du voyage d'Anacharsis, par Landon et Dumersan. *Paris*, 1810, 2 vol. in-8. fig. b. r.

614. La religion des Gaulois, tirée des plus pures sources de l'antiquité, par le R. P. Dom. ***. *Paris*, Saugrain, 1727, 2 vol. in-4. fig. v. br.

615. Recueil des antiquitez gauloises et françoises. *Paris*, Jacques du Puy, 1579, in-4. cart.

616. Le théâtre des antiquités de Paris, par Jacques du Breul. *Paris*, 1612, in-4. v. gr.

617. Histoire de l'esprit humain, ou mém. secrets et univ. de la république des lettres, par le marquis d'Argens. *Berlin*, 1765, 2 vol. in-12, mar. r. t. d.

618. Dictionnaire historique et critique, par Bayle, *Rotterdam*, 1697, 4 tomes en 2 vol. in-fol. v. br.

619. Le grand dictionnaire historique, par L. Morérie. *Paris*, 1759, 10 vol. in-fol. v. m.

620. Galerie universelle, par de Pujol. 1789, 2 vol. in-4. port. au trait, mout. vert, t. d.

621. Biographie nouvelle des contemporains. *Paris*, 1821, 20 vol. in-8. bas. rac.

Imprimerie de GUIRAUDET, rue Saint-Honoré, n° 315.

d'Hancarville, *Turin*, 1771, 4 vol. in-4. fig. dos de mar. r. n. r.

672. Antiquités d'Herculanum, gravées par F. A. David, avec leurs explications par Sylvain Maréchal. *Paris*, 1780, 9 vol. in-4. dos de mar. r. n. r.

Manque [illegible]

[illegible]

www.ingramcontent.com/pod-product-compliance
Lightning Source LLC
Chambersburg PA
CBHW060800180626
46818CB00002B/643
* 9 7 8 2 0 1 9 5 3 9 3 1 3 *